目次

JN090952

人妻の筆下ろし教室

第一章　筆を立たせて

1

「これでよし……」

準備万端整えた室内を見回し、渡瀬早紀江《わたせさきえ》はひとりうなずいた。

三年前に購入した、４ＬＤＫの建売住宅。その一階にある和室である。

客間として使うつもりで、未だ家具などなかった部屋に、座卓の長テーブルを三脚、平行に並べる。上座側には移動式のホワイトボードを置いて、パッと見、公民館あたりのこぢんまりとした集会室という眺めだ。

早紀江はここに生徒を集め、自身が講師となって教室を開くつもりであった。

（生徒は何人ぐらい集まるかしら？）

　気にかかるのはそれである。

　チラシを作成し、ご近所に配ったのは昨日である。自宅の電話番号の他、携帯番号とメールアドレスも記入しておいたが、今のところ連絡は来ていない。

　とりあえず、まずは二、三人来てもらえれば御の字だ。教えることは得意だし、いずれは評判が広まって、生徒が増えるのを期待していた。

　月謝で生活費を稼ぐことが目的ではなく、単なる余暇利用のために始めたことである。だが、どうせならやりがいがあったほうがいいし、ある程度は生徒が集まってもらいたい。

（ま、焦る必要はないわ。気長にやりましょう）

　自らに言い聞かせ、教えるための道具や教材をチェックする。どんなふうに指導しようかと考え、早紀江は次第に浮き浮きしてきた。

　ここは東京都の西側、旧北多摩郡にある文教地区の街である。渡瀬家の周囲は静かな住宅街で、事件とも災害とも無縁な平和な土地柄だ。

　住みやすいところという評判が高まっているためか、以前は多く見られた農地や空き地が、ここ二、三年で住宅地として多く開発された。各住宅メーカーの建売が、早紀江が越してきたあとも数十軒は売り出されている。

この街には住みやすさだけでなく、子供の教育のことを考えて越してくるひとびとも多いようだ。市立図書館や児童館も充実しており、近隣の市にも大学がいくつもある。

そういうところだから、時間があれば教養や技能を得ようという、意識の高い住民も少なくないと見える。自宅で英会話やピアノ、バレエなどを教える家を、同じ町内だけでも何軒も見かけた。

だから自分もやってみようと、思いつきで始めたわけではない。

早紀江は元教師である。中学校で国語を担当していた。そして、同じく中学教師の夫と結婚し、三十路前に退職して専業主婦になった。

教師は忙しい。同い年で社会科担当の夫は、部活動の顧問もしているため休みがほとんどない。

そのため、家に入って彼を支えることにしたのである。

教師の仕事に未練がないわけではなかった。けれど、中学生という難しい年頃を相手にしていると、特に男子生徒の指導で困らされる場面が多かった。女の先生というだけでなめた態度をとる少年たちが、特に素行の悪い面々の中に見られたのだ。

退職したのは、生徒指導で疲れ、うんざりしたというのも理由のひとつである。最後に勤めた中学の、担当した学年は特に酷かった。

そのことを同僚に相談したら、男子生徒が女の先生に逆らうのは、異性として意識しているためであり、好意の裏返しで生意気な態度を取るのだと言われた。だから、若くて綺麗な先生ほど、男の子たちに攻撃されるのだとも。

仮にそれが真実で、女性としての魅力があるがゆえに反抗されたのだとしても、こちらは中学生になど興味はない。ひねくれて拗ねてばかりの、それこそコドモでしかない連中に振り回されるのは、もうご免だった。

ただ、ひとに教えることそのものは、早紀江は好きだった。だから、何らかのかたちで教壇に立ちたいという思いは持ち続けていた。

そのため、ここに越してきた三年前、臨時で任用される公立学校代替教員に登録したのである。

現在、早紀江は三十五歳。そろそろ子供がほしいと考えている。夫婦ふたりには広い家を購入したのも、いずれ家族が増えることを想定してであった。

ところが、夫の広志《ひろし》は相変わらず忙しく、ここ二年ほどは夜の営みがめっきり減っていた。新居は今の勤務校から遠く、朝が早くて帰りが遅いことも影響していたであろう。

早紀江自身も、子供ができたら育児に追われて、余裕がなくなるとわかっていた。その前にやりたいことをやっておきたい気持ちがあったからこそ、代替教員に登録したのである。

もっとも、また中学生の男子から反抗され、ストレスにまみれた生活を送るようになったら困る。そうならないよう、勤務校の様子をしっかり確認してから引き受けるつもりであった。

今のところに引っ越してきた翌年、すなわちおととしのことだ。初めて代替教員の声がかかった。それも思いもよらず、地元の小学校から。

四年制大学の教育学部を卒業した早紀江は、中学校の他に小学校と、高校の書写の免許も持っていた。小学校で何を教えるのかと思えば、習字を担当してほしいと言われたのである。

小学校は基本的に担任が全教科をみるが、図工や家庭、音楽といった技能教科は、専科の教師が受け持つ場合がある。国語の毛筆も、その単元のみ得意な先生に任せるところもあるようだ。

早紀江に依頼してきた学校は、たまたま産休と育休が重なったという。代替教員は見つかったものの、習字はどうも不得手だというので、そこだけをお願いしたいとのことだった。

習字の授業があるときだけの勤務で、しかも近くの学校だから気楽である。また、小学校なら、さんざん悪態をつかれた中学生男子みたいな、生意気な子供はいないだろう。

早紀江は喜んで依頼を受けることにした。

一年にも満たない短い期間だったし、トータルでもそれほど多くの時間を担当したわけではない。それでも、早紀江は充実した日々を送った。

まだ幼い児童たちを相手に、筆の持ち方から基本的な筆遣いを指導するのは楽しかった。上手に書けたときの反応も素直で可愛らしく、教え甲斐があった。

だからこそ、また他の学校から代替教員に呼ばれないかと、心待ちにしたのである。ところが、要請はまったくなかった。

ならば、自分で教室を開けばいいと思い立つまで、それほど時間はかからなかった。

最初は、小学生相手の塾でも開こうかと考えたのである。教員免許もあるし、学童保育の役割を兼ねてもかまわないかと。

ところが、近所に大手学習塾のフランチャイズ教室があった。また、すこし離れたところには、小学生から受け入れる受験予備校もある。それらと張り合っても太刀打ちできないであろう。

ならば、毛筆習字を教えるしかない。

書道教室となると、流派だの段位だのが関わって面倒だ。そもそも早紀江は大学で学んだだけで、書道教室に通ったことはなかった。

そのため、書道のように技能を芸術的な側面まで高めるのではなく、あくまでも綺麗で丁寧な字を書くことを目的とした、習字教室にしたのである。そのほうが、教わるほうも取っつきやすいのではないかと考えた。

また、習字教室なら、生徒は子供から大人まで広く募集できる。大勢集まるのではないかという算段もあった。

とりあえず最初は少人数で、生徒の都合に合わせて指導していくことになるだろう。生徒が増えたら時間割を作成し、一斉授業方式をとることにすればいい。

それがいつになるのか、今の段階では予想もできないが。

まずは最初の生徒を大切にして、いい教室だと評判を広めてもらおう。一時間

の無料体験ができるようにもしたし、いいひとが、あるいはいい子が来ればいいなと期待をふくらませていると、

ピンポーン――。

来客を知らせる呼び鈴が鳴る。ひょっとして教室の希望者かと、早紀江は胸を躍らせて隣のリビングに移動した。そこにドアホンのモニターがあるのだ。

小さな画面を確認して、ちょっぴり落胆する。お隣さんだった。それも、まず習字など習わないタイプの。

早紀江はすぐ玄関に行って、ドアを開けた。

「こんにちはぁ、早紀江さん」

笑顔で挨拶をされ、「こんにちは」と返す。それから、

「さ、どうぞ」

と中へ招いた。

「お邪魔しまーす」

明るく返事をして入ってきたのは、お隣に住む広田真智《ひろたまち》だ。早紀江よりも七つ下で、二十八歳である。

渡瀬家と広田家は、同じ建設会社の建売に、同じ頃に入居した。どちらも夫婦

ふたりきりで、妻は専業主婦。

そういう縁で、特に早紀江と真智が女同士、普段から親しくしていたのである。

こんなふうに真智が訪ねてきて、お茶を飲みながら午後のひとときを過ごすことが、週に最低でも一回はあった。

今日もいつもと同じく、隣の若妻をリビングへ招く。ドリップバッグでコーヒーを淹れると、彼女は持参したクッキーの紙皿をローテーブルに置いた。

「今日はチョコチップクッキーよ」

「あら、美味しそう」

三人掛けソファで隣に腰掛けると、早紀江はさっそく一枚いただいた。

「うん。美味しいわ」

褒めると、真智が嬉しそうに目を細めた。

「ふふ、ありがと」

彼女が持参するお菓子は、すべて手作りなのだ。

フリルのエプロンが似合いそうな童顔の若妻は、実際にそういうヒラヒラの身なりで、お菓子作りに精を出しているらしい。もちろん、作るのはお菓子ばかりでなく、普通の料理も得意だという。

彼女の夫は十歳年上で、残念ながら甘党ではない。そのため、せっかくこしらえたお菓子は、こうして女同士のお茶会で消費されるのである。

ちなみに、真智の夫の康一郎《こういちろう》は商社マンで、外国も含めて出張が多い。そのため、妻をひとり残し、留守にしがちのようである。

彼女がたびたび早紀江のところへやって来るのは、ひとりの寂しさを紛らわせるためでもあるようだ。

早紀江のほうも、慕ってくれる年下の若妻を、妹のように可愛がっていた。もはや気の置けない間柄だから、年齢差はあっても会話に敬語など交ざらない。それこそ、本当の姉妹みたいに。

コーヒーとクッキーで優雅な午後のひとときを楽しんでいると、真智が思い出したように両手をパチンと合わせた。

「そうそう、チラシ見たよ。習字教室の」

「あら、ホント？」

自宅で印刷したそれは、ポスティングの業者に配達範囲を伝えて依頼したので、不要であろう広田家にも配られたのだ。まあ、他で宣伝してくれるかもしれず、丸っきり無駄とは断定できない。

「いよいよ始めるのね。どこで教えるの？」

「隣の和室よ。どうせ使ってなかったから」

「あ、なるほど」

うなずいてから、真智が「んー」と首をひねった。

「ウチも和室があったほうがよかったのかなあ。たまにね、畳に寝っ転がりたくなるときがあるのよ」

同じ会社が手掛けた建売でも、家によって設計が異なる。基本的な設備や、二階が三部屋で、一階はＬＤＫともうひと部屋という造りは一緒だが、お隣の広田家はすべて洋間なのだ。

「あー、わかる。わたしも独りのとき、やることがあるわ」

「でしょ？　それから、ベッドじゃなくてお蒲団で眠りたくなるとか」

「うん、あるある」

「早紀江さんの家に、お蒲団ってあるの？」

「いちおうね。来客用のやつを買ってあるけど、まだ一度も使ったことがないの。和室の押し入れにしまいっぱなし」

「ふうん」

「お蒲団で眠りたくなったら、ウチに泊まりに来ていいわよ」

誘うと、真智が目を輝かせた。

「え、ホントに？」

「うん。泊まるのが億劫だったら、お昼寝をするだけでもいいけど」

「うれしい。じゃあ、そうさせてもらうわ。あ、今、ちょっとだけ畳に寝転がってもいい？」

「もちろん」

早紀江は彼女を隣の部屋に招いた。引き戸を開ければすぐなのである。

「わあ、もう準備ができてたのね」

教室としての体裁を整えた和室に、真智が感心する。

「何だかいいわね。習字かあ。わたしも習ってみようかな。あんまり字が上手じゃないから」

「大歓迎よ。月謝もタダでいいわ」

「え、本当に？」

「ていうか、最初の生徒が来たときに、ひとりだけだと寂しいし、気詰まりかもしれないじゃない。だから、いっしょに授業を受けてくれると、すごくありがたいんだけど」

「ああ、そういうことならお安い御用よ」

「本当に？　よかった」

早紀江は長テーブルのひとつをたたみ、寝転がれるスペースをこしらえた。

「さ、どうぞ」

「わーい。ありがと」

真智が子供みたいにはしゃいだ声をあげ、畳に寝転がる。大の字になり、胸を大きく上下させて、「ふー」と息を深くついた。

「うん、やっぱり気持ちいい」

「そう？」

「カーペットとは違うもの。畳のほうが、からだを柔らかく受け止めてくれる感じがするわ」

こちらを見あげ、あどけない面差しを見せる年下の隣人に、早紀江は「ふうん」とうなずいた。それでいて、胸の高鳴りを覚えてもいたのである。

（真智さんったら……）

若妻は薄手のニットに、ボトムはひらひらしたミニスカートという装いだ。ナマ脚で、畳におしりをついたときに下着が見えたばかりか、寝転がった今も太腿が付け根近くまであらわになっていた。

おまけに、ピンク色のクロッチが、スカートの裾からわずかに覗いていたのである。

同性のパンチラに、どうしてこんなにドキドキさせられるのだろう。早紀江自身にもよくわからなかった。同性愛の嗜好などないというのに。

「ねえ、早紀江さんも寝てみたら?」

真智に誘われて、「う、うん」と返事をする。そうすれば無防備な下半身に目を奪われずに済むから、こちらとしても都合がよかった。

早紀江は彼女の隣で仰向けになった。

(ああ、本当にいいわ)

言われたとおりに心地よく、やけに落ち着く気がする。高鳴っていた心臓も、たちまちおとなしくなった。

この家に越してから、こんなふうに畳で寝転がったのは何度かある。折った座布団を枕にして、昼寝をしたことも。

ただ、隣に真智がいるせいか、気分が異なる。修学旅行のときの旅館みたいで、和室らしく木調になっている天井も、眺めがやけに新鮮だった。

部屋の窓はサッシの掃き出し窓ながら、内側が障子戸になっており、外からの日差しも和らいでいる。そのため、気分も安らぐのだ。

そうやって、ふたりして寝転がり、しばらく経った頃、

「早紀江さんに、弟の話をしたことあったっけ？」

真智が唐突に訊ねた。

「ああ、ふたつ下の弟さんがいるっていうのは、聞いたことがあるけど」

早紀江は思い出して答えた。

「会ったことはないよね？」

「うん。こっちに来たことがあるの？」

「二、三回あったかな。でも、早紀江さんには紹介しなかったと思うわ」

隣を見ると、真智は天井を見あげたまま、眉間にシワを寄せているようだ。姉弟のあいだに問題でもあるのかと気になる。

「弟さんがどうかしたの？」

訊ねると、彼女は少し間を置いてからこちらを向いた。

「実は、かなり悩んでいるみたいなの」

「え、悩んでるって、弟さんが？」

「そう」

小さくため息をついた真智が、のろのろと起き上がる。つられて、早紀江も身を起こした。

「ウチの弟――卓也《たくや》っていうんだけど、中学、高校の頃はけっこうヤンチャで、悪い友達と付き合ったり、学校をサボったりして、けっこう親を困らせてたの。今は真面目になって、ちゃんと仕事もしてるんだけど」

「ふうん」

「姉のひいき目かもしれないけど、根はいい子なのよ。ヤンチャだったのも、周りに引きずられてそうなっただけで、無理をしてたところもあったみたい」

それこそ、そういうヤンチャな生徒たちに困らされた早紀江である。いくら親しくしている友人でも、言葉どおりには受け取れなかった。身内だからそんなふうに言えるのだと、冷めた気持ちを拭い去れなかったのである。

ところが、真智は心から弟を心配し、助けたいと思っているようだ。

「実は、早紀江さんにお願いがあるの」

「え、なに？」

「弟が立ち直れるように、力を貸してほしくって」

いきなりそんなことを頼まれても、安請け合いなどできない。そもそも、どんなことで悩んでいるのかも教えられていないのだ。

「そりゃ、真智さんのお願いなら聞いてあげたいけど、とりあえずどんな悩みで、何をすればいいのか教えてもらわないと」

すると、彼女はうなずきながらも、すぐ本題に入らなかった。

「早紀江さんが卓也を助けてくれたら、わたし、早紀江さんの習字教室がうまくいくために、何だってするわ。さっきお願いされたみたいに、サクラの役割だってするし」

交換条件じみたことを言われて、早紀江は戸惑った。断れないように、予め釘を刺したのだろうか。

(つまり、弟さんを助けないと、真智さんも協力してくれないってこと?)

それはないんじゃないかとあきれたものの、弟を心配する姉の優しさなのだと、好意的に解釈する。

「まあ、わたしにできることだったら、お手伝いするわ」

「本当に? ありがとう」

「お礼はあとにして、とりあえず、どういう悩みなのか話してちょうだい」

促すと、真智は居住まいを正して口を開いた。

2

翌日、約束した午後二時ぴったりに呼び鈴が鳴った。まるで、玄関の前でその時刻になるのを待っていたみたいに。

(本当に神経質なのかもしれないわ)

昨日、真智に言われたことを思い出す。早紀江は今になって、頼みを引き受けたことを後悔していた。

(まったく、わたしに何ができるっていうのよ……)

胸の内で、誰に向かってでもなく愚痴りながらドアホンのモニターを確認すれば、見知らぬ若い男が映っていた。

「どちらさまですか?」

いちおう通話で確認すると、

『あ――き、木下《きのした》卓也です』

妙にオドオドした声音で答える。かつてヤンチャだっただけあり、拗《す》ねた目つきで不良っぽい印象なのに、中身はそうでもないらしい。

「少々お待ちください」

姉の真智には馴れ馴れしい話し方ができても、初対面の弟相手には、そういうわけにはいかない。丁寧な返答をして玄関に出た。

ドアを開けると、彼——卓也は直立不動の姿勢をとり、深々と頭を下げた。

「こ、こんにちは」

挨拶をして、恐縮した面差しを見せる。途端に、それまでの憂鬱が消え失せ、早紀江は気持ちがすっと楽になった。

(なんだ、可愛い子じゃない)

姉に似て童顔だ。二十六歳のはずだが、二十歳そこそこにも見える。髪を薄茶色に染めているのも、無理をして派手に見せているふうであった。

「どうぞ、お入りください」

「お邪魔します」

玄関に入ると、脱いだ靴もきちんと揃える。しっかり躾《しつ》けられているようだ。案外、厳しい親に反発して、中高生のときに道を踏み外しかけたのか。

早紀江は卓也を和室に通した。弟は畳の部屋のほうが落ち着くと、真智に言われたからである。

書道教室用の長テーブルをひとつ列から離し、座布団を脇にふたつ並べる。

「こちらへどうぞ」

「あ、はい」

勧められた座布団に、彼が正座する。かなり緊張している様子だったので、早紀江はいったん和室を出て、温かいお茶をふたつ準備した。

「はい、どうぞ」

和室に戻り、脇のテーブルにお茶を置くと、卓也は「すみません」と頭を下げた。本人も落ち着かなくちゃと思っていたのか、湯飲みを手にするなり、一気に半分も空ける。

「ふう……」

ひと息ついて、いくらか気持ちが楽になったようだ。表情が和らぎ、いっそうあどけなくなった感がある。

「わたし、渡瀬早紀江です」

自己紹介をすると、卓也は居住まいを正した。

「あ──木下卓也です」

さっき名乗ったことを忘れたのか、もう一度フルネームを告げる。そんなところもほほ笑ましくて、早紀江のほうは余裕が生まれた。

「それじゃあ、話してもらえるかしら」

年上らしい言葉遣いでさっそく促すと、彼がビクッと肩を震わせる。

「……え、話す？」

「お姉さん──真智さんからあらましは聞いたんだけど、やっぱりあなた自身から詳しく話してもらわないと、アドバイスのしようがないわ」

昨日、弟の悩みを解決してあげてほしいと真智から頼まれ、どうして自分なのかと訊ねたのである。すると、

『早紀江さんは、学校の先生だったんでしょ？　生徒の悩みを聞いたり、相談にのったりすることもあったんだろうから、そういうのはお手の物じゃないかと思ったの』

真智は人選の理由をそう述べた。要は、餅は餅屋という考えらしい。まあ、他に適当な人間が身近にいなかっただけかもしれないが。

たしかに大学の講義や教員研修でも、早紀江はカウンセリングに関することを

学んだ。実践として、生徒の相談にのったことも多くある。

しかしながら、いくら十歳近く年下でも、相手が成人男子となると話は別だ。納得させられるだけのアドバイスができる自信などないのに加え、悩みの内容にも戸惑いを隠しきれなかった。

なぜなら、コトが男女関係の話だったからである。しかも、セックスの問題を含んだ。

何があったのか、だいたいの経緯は真智から聞いていた。よくもそんなことを実の姉に話せたものだと、早紀江は正直信じ難かったのであるが、それだけ気の置けない間柄のきょうだいなのだろう。

ただ、その件を卓也が、他人である自分にも隠すことなく打ち明けられるかどうかは、甚だ疑問であった。だから、もしも話せないようなら、それを理由に相談を断る腹づもりでいた。

我ながら狡いとわかっている。しかし、こちらを信用してすべてさらけ出してくれないことには、何のアドバイスもできないのだ。

ところが、彼は最初こそ迷う素振りを見せたものの、結果的にすべてを告白したのである。それだけ悩みを解決したい気持ちが強かったようだ。

「ええと……おれ、昔から好きだった女の子がいて、その子と、ようやく付き合えることになったんです」

「まあ、おめでとう」

「ありがとうございます……」

お礼を述べた青年の表情は暗い。無理もないなと同情しつつ、早紀江は知らぬフリをして続きを促した。

「それで、その子とはどうなったの？」

「はい……実は――」

高校時代から想いを寄せていたという同い年の彼女について、卓也は訥々と語った。

悪い仲間と遊びほうけていた自分とは違い、その子は優等生だったこと、そのため、ずっと好きだったのに、仲間の手前もあって恋心を伝えられなかったこと、仮に伝えたところで、自分のような人間は相手にされるはずもなく、端っから諦めていたことなどを。

外見とは裏腹に、卓也はかなり純情のようだ。内容だけでなく、話しぶりからもそれが窺えた。

(それじゃあ本当に、真智さんが言ったとおりなのかしら?)

気になっていたことを、早紀江は訊《たず》ねた。

「そうすると、卓也君は女の子と付き合ったことがないの?」

「ええと、いっしょにつるんでいた仲間から紹介された子と、いい感じになったことはあります」

「どんな子?」

「おれたちと同じで、そんなに真面目じゃないタイプの子です」

「いい感じってことは、デートしたり?」

「まあ、そうですね」

「肉体関係はあったの?」

ストレートな質問をぶつけたのは、弟は女を知らない童貞だと、真智に聞かされていたからである。

加えて、早紀江自身も本人を前にして、真実を知りたくなった。露骨な問いかけに、純情な青年がどんな反応を示すのか、興味も湧いていた。

「に、肉体って——」

案の定、卓也はうろたえ、落ち着かなく黒目をさまよわせた。

「要するに、セックスしたのかってことなんだけど」

より直接的な単語を口にすると、彼は少しぶっきらぼうに「しました」と答えた。もしかしたら、童貞であると疑われたのを悟り、プライドを傷つけられたのかもしれない。

（なんだ、ちゃんと経験があるのね）

チェリーボーイだと決めつけていた姉を、胸の内で非難する。あるいは、いくらヤンチャをしていても弟には清らかであってほしいと願う、姉心なのか。

（て、それじゃブラコンじゃない）

まあ、弟の恥ずかしい悩みを自分が解決するのではなく、相応しい友人に依頼するあたりは、まだマシなのか。

ともあれ、卓也に経験があると知って、早紀江はいくらか安堵した。実は、何なら彼に自信をつけさせるため、童貞を奪ってもかまわないとまで真智に言われたからだ。

いくらブラコンでも、姉である自分が、弟の初体験の相手を務めるわけにはいかないという常識は持ち合わせていたらしい。だからと言って、友人の人妻に代わりをやらせるのも、かなり問題ありだけれど。

（だけど、経験があるのなら、どうして？）

新たな疑問が浮かび、早紀江は首をかしげた。とにかく、そこのところを詳しく訊かねばならない。

「その、最初に付き合った女の子とは、長く続いたの？」

「いえ、そんなに……おれが好みのタイプじゃなかったみたいで、半年も経たずに別れました」

その間、どのぐらいの頻度でからだを繋げたのか気になったものの、さすがにそこまで露骨なことは訊けなかった。

「さっき、昔から好きだった子と付き合えるようになったって言ったけど、その子がふたり目の彼女ってこと？」

「そうです」

「じゃあ、その子について教えてもらえる？」

「はい」

卓也が話しだすと、早紀江はなるべく口を挟まないように気をつけた。

カウンセリングでは、相談者が自主的に話せるような雰囲気を醸成し、良好な関係を築かなければならないのである。そのことを忘れて、あれこれ質問してしまったことを反省したのだ。

「おれは今、建設会社で働いているんですけど、外壁と屋根の修繕で伺ったお宅が、たまたまその子の実家だったんです」

相手の子は短大を出て役所勤めをしており、実家住まいであるという。彼はその家の苗字を聞いてもしやと思っていたところ、たまたま彼女が早めに帰宅したときに顔を合わせ、再会が果たせたそうだ。

「彼女はおれのことをちゃんと憶えていて、仕事も真面目にしていたから、印象が変わったって言ってくれました。メアドも交換してくれたし、それで、もしかしたらチャンスかもしれないと思って、おれ、そこのお宅での仕事が終わるときに、会ってほしいってメールをしたんです」

その結果、ふたりで会うことができた。休日に何度か時間を過ごしたのち、付き合うことを了承してもらったと、青年は嬉しそうに語った。それが半年前だったという。

彼らは、すぐに深い関係になったりせず、清い交際を続けていたようである。

実家住まいの彼女は、箱入り娘とまではいかないまでも真面目な子で、男女交際の経験はほとんどなかったそうだ。卓也のほうも根が純情だから、やすやすとは手が出せなかったらしい。

　それでも、二十六歳の大人同士である。心が通い合えば、さらに関係を深めたくなるのは自然の摂理だ。

　あるとき、卓也は思いきって、彼女を自分のアパートに招いたという。相手の子もそろそろ頃合いだと思っていたのか、拒むことなくついて行ったそうだ。

　唇はすでに許し合っていたというが、その先に進むのは初めて。結果から言えば、結ばれずに終わったと、彼は暗い顔で告白した。

「どうしてうまくいかなかったの？」

　早紀江は我慢できずに質問した。肝腎なところであり、そこを明らかにしないと悩み相談ができないのだ。

　すると、卓也は悔しそうに下唇を噛んだ。

「……挿《い》れる前に、おれが終わっちゃったんです」

　婉曲な言い回しで答える。要は挿入前に射精したということだ。

「卓也君、経験があったのよね。だけど、どうしてうまくいかなかったの？」

　残酷かなと思いつつ確認すると、彼が情けなく顔を歪めた。

「前に付き合った子は、経験がけっこうあったみたいで、最初からおれに跨がってきたんです。そのときもあっという間に終わって、正直、思っていたのと違っていたっていうか、こんなものなのかって——」

理想とかなりギャップのある初体験だったようだ。卓也が戸惑いつつ果ててしまったのも、容易に想像がつく。

「その子とは、ずっとそんな調子だったの？」

「はい。おれが求めたことはそんなになくて、彼女のほうがしたいからするっていう感じでした。向こうがいつも上に乗ってたし」

「上って、体位のこと？」

「はい。だけど、今の彼女は経験もそんなにないみたいで、全部おれまかせだったんです。それで、どうすればいいのか迷って、うまくできませんでした」

最初の相手とは、騎乗位のみの一方的な交わりだったのであれば、能動的なセックスは未経験に等しい。新しい恋人との行為そのものが、初体験と言えるのではないか。

ならば、失敗するのは当然である。

「そのことで、彼女に責められたわけじゃないんでしょ？」

「はい。うまくいかなかったのがわかって、彼女はかえってホッとしてたみたいでした。もしかしたら、バージンなのかもしれません」

二十六歳でそんなことがあるだろうかと、早紀江は訝《いぶか》った。もっとも、性体験は個人差が著しいから、平均値に照らし合わせて判断できるものではない。

「だったら、べつに気にすることはないと思うけど」

軽く断定すると、卓也はひどく傷ついた表情を見せた。

「でも、やっぱり気になります。おれはショックだったし、すごく落ち込んだんです。次があっても、また失敗するんじゃないかって、そんなことばかり考えるようになったぐらいで」

視線を落とした彼の目に、光るものが見えた。

(じゃあ、本当にそうなの?)

早紀江は黙っていられなくなった。いよいよ悩み事の核心に迫る。

「あのね、真智さんから、卓也君の相談にのってあげてほしいって頼まれたときに言われたんだけど、卓也君は彼女とうまくできなかったせいで、その、アソコが役に立たなくなったっていうのは本当なの?」

なるべく直接的な表現をしないよう気をつけたつもりだったのに、思わず『立たなくなった』なんて言ってしまったことを後悔する。しかし、今さら取り消せない。

「……はい」

彼は悲しみの面持ちで首肯した。

(つまり、不能になっちゃったの?)

初体験に失敗したせいで、弟がインポになったと聞かされたとき、早紀江は半信半疑であった。まだ若いのに、そう簡単に下半身が機能を失うなんてあり得ないと思ったのだ。

ところが、卓也の落胆した様子からして事実らしい。

だとすれば、自分なんかに相談せずに、専門医にでも診てもらうべきではないのか。真智にはそう言ったのであるが、医者に事情を説明するのはみっともないし恥ずかしいと、彼が拒んだという。

だったらどうして、姉の友人になら打ち明けられるのか。早紀江はそっちのほうが理解できなかった。

『女性で失敗したことは、女性に解決してもらうのが一番じゃない。それに、早紀江さんは元先生だし、年上の女性なら優しく受け止めてくれるはずだって言ったら、卓也もそれならって納得したのよ』

どうやら姉に言いくるめられて、青年は藁《わら》にも縋る心持ちになったらしい。ただ、真智が早紀江を推薦したのは、筆下ろしをしてもらえば元気になるはずという企みがあったようだ。弟は童貞だと思いこんでいたから。

もちろん、いくら頼まれたって、初対面の青年とセックスするつもりはない。

（筆下ろしって……いくら習字教室を開くからって、悪い冗談だわ）

当然ながら早紀江は、肉体を駆使して問題を解決しようとは考えていなかった。おそらくは心因性の不能なのであろうし、話をして自信を取り戻せば、どうにかなると考えたのである。

「いちおう確認しておきたいんだけど、卓也君のソコは、あれ以来全然大きくならないの？」

この問いかけに、彼は熟考の面持ちで首をひねった。

「べつに、全然ってことはないんです。朝起きたときには、普通に大きくなっていますから」

夫の朝勃ちを目にしたことなら、早紀江も何度かある。欲望とは異なる生理現象だとも知っていた。それでちゃんと勃起するのなら、やはり生殖機能の問題ではなさそうだ。

「あと、それ以外でもたまに、大きくなることはあるんです。でも、自分で、その……しようとすると、途中でダメになっちゃって」

きちんと射精できれば問題ないと、卓也もオナニーを試みたのだろう。それが途中で駄目になるというのは、所謂中折れになってしまうのか。

夫婦の営みで、夫のモノが行為の最中に軟らかくなるというのも、早紀江は経験している。疲れていたり、何か気になることがあったりすると最後までできないんだと、そのとき彼に説明された。

(男のひとって、案外デリケートだっていうものね)

経験を積んだ大人ですらそうなのだ。未熟な若者に起こっても、無理はあるまい。たとえ、性欲と精力が有り余っていても。

「たまに大きくなるっていうのは、エッチなものを見たときとかに?」

「……そうですね」

「その他の刺激はどうかしら。ええと、初めてのセックスに失敗したあとも、彼女とは会ってるんでしょ?」

「はい」

「抱き合ったり、キスをしたりとかも?」

「キスはありますけど、それ以上は……」

「キスをしたとき、昂奮してアソコが大きくならなかった？」

「ならないです。彼女といると、どうしてもあのときのことを思い出して、緊張するせいだと思うんですけど」

まあ、彼女と唇を交わすだけで勃起するのなら、もう一度チャレンジしてみるであろう。

「だったら、たとえばの話、わたしが卓也君のアソコをさわったら、大きくなるのかしら？」

単なる可能性の話であったが、早紀江は口にするなり激しく狼狽した。

（な、何を言ってるのよ!?）

それでは真智にけしかけられた行為を、実行するのと同じではないか。

いくら若者の悩みを解決するためでも、夫のいる身で他の異性と肉体的な接触をするなど、許されるはずがない。そんなことは百も承知している。

なのに、タブーを口にしてしまったのは、目の前の青年に女として興味が湧いてきたためであろうか。根は純情な彼にちょっかいを出したくなり、つい本音がこぼれてしまったと。

「そ、それは――わからないですけど……」

卓也が困った顔で目を伏せたものだから、ますます居たたまれなくなる。けれど、青年がチラッと上目づかいでこちらを見たとき、物欲しげな光がそこに宿っているのに気がついた。

（え、ひょっとして）

年上の女からペニスをさわってもらいたいと、望んでいるのだろうか。

とは言え、彼のほうも異性としてこちらに惹かれているわけではあるまい。少しでも可能性があるのなら試してみたいと、その程度の心境なのではないか。

（そうよね……わたしは九つも年上の、オバサンなんだから）

自虐的になったことで、早紀江は開き直った。

「だったら、試してみましょうか」

誘いの言葉に、卓也は期待を込めた面差しでうなずいた。

3

促されて、畳の上で仰向けになった青年が、神妙な眼差しでこちらを見あげる。

どこか殉教者のようでありながら、顔立ちがいっそうあどけなく映った。

「わたしが脱がせたほうがいい？」

いちおう確認すると、彼は「お願いします」と答えた。赤く染まった頬に従順さが滲み出ている。

「それじゃ——」

早紀江はベルトに手をかけて弛めると、ズボンの前を開いた。

下に穿いていたのは、水色のトランクスだった。わずかに蒸れた匂いがたち昇ってきたものの、汗くさいというほどではない。

他に、ほんのりとボディソープの残り香も感じられる。今日は午前中が仕事で、午後から休みをもらったそうだから、訪問前のエチケットでシャワーを浴びたのだろうか。

とは言え、こんな展開になることを想定していたわけではあるまいが。

「おしりを上げて」

命じると、素直に腰を浮かせる。早紀江は素早くズボンに両手をかけると、中のトランクスごと一気に脱がせた。

「あ——」

卓也が頭をもたげ、焦った声を洩らす。いきなり股間をあらわにされるとは、思っていなかったのか。

けれど、早紀江が脱がせたものを爪先から抜いてしまったので、彼は下半身のみすっぽんぽんと成り果てた。

「ねえ、目をつぶって」

声をかけると、素直に従う。そのほうが恥ずかしくないだろうと配慮したのに加え、早紀江自身も、見られていたら思い切った行動が取れないからだ。

若いペニスは、亀頭の大部分を包皮で隠し、陰毛の上に力なく横たわっていた。経験の浅さを示すように、皮膚も粘膜も綺麗なピンク色だ。

それでいて、独特の青くささがむわっと香る。

(可愛いわ……)

早紀江は密かにときめき、牡の性器に手をのばした。だが、寸前でためらったのは、傷心の青年はこんなことを望んでいない気がしたためである。

「ねえ、本当に、わたしなんかがさわってもいいの?」

訊ねると、卓也は瞼を閉じたまま、困惑げに眉根を寄せた。今になってどうしてそんなことを言うのか、訝っているふうである。

「わたしみたいなオバサンにオチ×チンをさわられて、嫌じゃない？」

より具体的な言葉で本心を探ると、彼は「そんなことないです」と答えた。

「おれなんかのために、ここまでしてくれるのに、嫌だなんて思いません。それに、お姉さんはとっても魅力的です」

早紀江は感激した。『お姉さん』なんて呼んでくれるのは、今や八百屋と魚屋の店主ぐらいなのだ。それらがお世辞ですらない常套句なのも承知している。

ところが、卓也が素直な気持ちでそう呼んでくれたのは、瞼を閉じて目が見えなくてもわかった。しかも、魅力的とまで言ったのだ。

胸がはずむ。喜びがためらいを打ち消した。

「ありがとう」

礼を述べるなり、早紀江は秘茎を二本の指で摘まんだ。

「う……」

小さな声が洩れ、若腰がピクンと震える。オナニーで最後までイケずとも、ちゃんと感じるようだ。

とは言え、緊張しているのか、その部分が大きくなる気配はなかった。ほんのりベタついているのは、下着の中で蒸れたからであろう。

「ねえ、大好きな彼女のことを思い浮かべてみて」

声をかけると、彼の表情が和らぐ。うっとりしたふうにも見えるから、本当に恋人の顔を脳裏に浮かべているようだ。

「その子のこと、ずっと大好きだったのね？」

「はい」

「それじゃあ、付き合えるってなったとき、うれしかったでしょ」

「はい。すごく」

「初めてキスをしたときはどうだった？」

「もう、夢じゃないかっていうぐらいに感激して、心臓がドキドキして壊れそうでした」

会話のあいだに、ペニスが重みを増してくる。これなら大丈夫そうだ。

「それじゃあ、彼女とキスをしたときのことを思い出して。唇の感触とか、唾の味とか」

青年の唇がかすかに動く。好きな子とのキスを脳内で再現することで、無意識にそうなったのだろう。

「キスをしたとき、抱き締めたんでしょ？　彼女、どんな匂いがした？」

「……ミルクみたいな甘い匂いがしました」

「それって香水?」

「違うと思います。化粧もそんなにしない子だから」

「それじゃあ、その子自身のいい匂いなのね」

乳くさいかぐわしさも蘇ったのか、鼻がヒクつく。その時点で、若い男根は握り手からはみ出すぐらいまで膨張していた。

(彼女とのキスを思い出しただけで、こんなになったのね……)

ちょっぴりジェラシーを覚えつつ、手を上下に動かす。

「うう」

卓也が呻《うめ》き、息をはずませだした。もっとしてとねだるように、腰がわずかに浮きあがる。

(え、すごい)

ぐんと伸びあがった筒肉が、少しの余裕もないほど硬化する。しなやかな指に、逞しい脈打ちも伝えた。

「卓也君のオチ×チン、すごく立派ね。こんなの初めてよ」

自信をつけさせるために言ったわけではなかった。夫のモノは、今やここまで硬くなることはまれだし、早紀江は素直に感動したのである。

「それは……お姉さんの手が気持ちいいからです」

こういうときでも年上を立てるとは、礼儀正しい子である。嬉しかったのであるが、今はそんな場合ではない。

「わたしのことは忘れて、彼女のことだけ考えなさい」

年下の青年に恋人を想像させ、ペニスをしごいてあげる。背徳的なシチュエーションと、漲るものの逞しさにも煽られて、女の部分が密かに疼《うず》き出した。

（やだ、わたしってば）

からだの中心が熱くなり、何かが外へ沁み出る感じもある。早くも濡れてきたようだ。

（何を考えているの？　こんな若い子を相手に……わたしはあくまでも、相談にのっているだけなのよ）

冷静になるよう、自らを叱りつける。それでいて、もっと気持ちよくしてあげたいと、彼に指示を出した。

「脚を開いて」

卓也が素直に膝を離す。太腿のあいだに隙間ができて、縮れ毛にまみれたジャガイモみたいな陰嚢が見えた。

そこに、もう一方の手を差しのべ、くすぐるようにさする。

「むふふふぅ」

裸の腰がガクガクとはずむ。手にした強ばりが、いっそうふくらんだ気がした。

（若くても、ここが感じるのね）

夫に求められて、早紀江は牡の急所への愛撫を学んだのである。大学時代と、大人になってすぐ付き合った元カレには、そんな注文はされなかったから、大人教師になるとそっちも感じるようになるのかと思っていた。

けれど、そういうわけではないようだ。たぶん若い頃はペニスをしごかれれば満足で、他のところへの刺激など必要ないのだろう。

（パンパンになってる。かなり溜まってるみたいだわ）

どれぐらいの期間、彼が射精していないのかわからない。その間も、若い肉体は子種を量産していたのであろうし、大袈裟でなく睾丸が破裂しそうな感じすらあった。

「気持ちいい？」

訊ねると、卓也は「はい、すごく」と声を震わせた。

「キンタマも感じるの？」

はしたない単語を口にするなり、強ばりがビクンとしゃくり上げた。

「はい……こんなの初めてです」

やはりこれまで愛撫されたことはなかったようだ。騎乗位で貪欲に快楽を求めた最初の彼女も、そこまでの知識は持っていなかったらしい。

「わたしじゃなくて、彼女からされているって考えなさい」

それならば、卓也も自分も、心情的には浮気をすることにならない。もっとも、夫に対する罪悪感は、不思議と湧いていなかった。

サオもタマも、慈しむように愛撫する。鈴口に、透明な露が丸く溜まった。程なく表面張力の限界を超えて滴り、上下する包皮に巻き込まれる。

クチュクチュ……。

青年のはずむ息づかいに、こぼれる濡れ音が色を添える。ヌメった亀頭粘膜が、あやしい輝きを放ちだした。

生々しい眺めと、色濃くなる男くささに、悩ましさが募る。クロッチの裏地が秘苑に張りつき、居心地の悪さに早紀江は尻をもぞつかせた。

（すごいわ、こんなに出るなんて――）

涸れることなく溢れる先走り汁に、情感がいっそう高まる。指も粘っこいそれで濡らされていたが、不快感など微塵もなかった。

むしろ、若いペニスを味わいたくなっていたのである。

しかし、さすがにそんな真似はできない。胸に溢れる欲求を抑え込み、両手の動きをシンクロさせる。

「あああ、も、もう」

卓也の息が荒くなり、切羽詰まった声を洩らす。イキそうなのだ。自慰でも射精できなかったと言っていたのに。

「いいわよ。出しなさい」

早紀江は手の動きを速めた。泡立ったカウパー腺液が、いっそう大きな粘つき音をたてる。

「あ、あっ、うう」

呻き声がこぼれ、彼の表情が歪む。どことなく怯えているように映るのは、しばらくザーメンを放出していないためではないのか。本当に最後までできるのか、不安なのかもしれない。

それでも、牡のシンボルは最高の硬さを保っており、少しも萎える気配はない。

これなら大丈夫だと、早紀江は確信していた。

(あん、すごいわ)

雄々しい脈打ちに悩ましさを覚えつつ、左手で玉袋もモミモミする。あたかも、ポンプで精子を吸い出すかのごとく。

「ううう、で、出ます」

青年が腰をガクガクと揺すりあげる。その言葉遣いを、早紀江は聞き咎めた。

「出ますじゃないでしょ? 卓也君は、大好きな彼女からシコシコされているんだからね」

「あ、はい……」

「彼女の名前を呼びなさい」

「う——よ、ヨウコっ」

「ヨウコちゃんにちゃんと伝えるのよ。イッちゃうって」

「い、イクよ。ヨウコちゃん……あ、イッちゃうぅ」

声のトーンが上がったと思うなり、鈴口に白いものがプクッと盛りあがる。それが糸を引いて宙に舞った。

「キャッ」

思わず悲鳴を上げてしまったものの、早紀江は手の動きを止めなかった。出ているときに刺激されるのが快いと、これまでの経験で知っていたからだ。

そのおかげか、卓也は身をくねらせ、「ああ、ああ」と声を上げどおしだった。精液も勢いよく放たれ、落ちたものが陰部の周囲を淫らに彩る。

（すごく出てるわ）

ドロドロした白濁液が次々と溢れ出る。匂いも濃厚で、むせ返るほどの青くささが漂った。しばらく出しておらず、溜まっていたせいなのだろう。

ようやく射精が終わると、早紀江の指は練乳でもたらしたみたいな有り様であった。

（こんなにいっぱい……）

手を汚されても不愉快ではない。健康な若者のエキスは貴重であり、匂いを嗅ぐだけで子宮が疼くようであった。

いっそ、久しぶりに目にした粘液をすすりたくなる。

多量に放精した卓也はぐったりして手足をのばし、胸を大きく上下させている。瞼も閉じて、オルガスムスの余韻にどっぷりひたっていた。

今ならバレまいと、粘液にまみれた手を鼻に近づける。栗の花の香りを胸いっぱいに吸い込み、早紀江はますますたまらなくなった。

もっと感じさせてあげたいと、彼に奉仕したい気持ちが高まる。とは言え、満足を遂げたペニスは力を失い、最初と同じく陰毛の上に横たわっていた。射精もちゃんとできたから、自分の役目は終わったのである。

そのとき、卓也が薄目を開ける。早紀江は焦って手を鼻先からはずし、その場に立ちあがった。

「手を洗ってくるわね」

言い置いて和室を出ると、洗面所に向かう。

まとわりついた牡汁を洗い流す前に、早紀江は唇をつけた。すでに冷えて香りも薄らいでいたが、舌にほのかな甘みを感じた。

(これが卓也君の味――)

気がつけば、手指に付着したザーメンをあらかたしゃぶり取っていた。

ためらいもなく嚥下すれば、喉の奥から鼻のほうへ生ぐささが抜ける。それすらも愛おしくて、搾りたての温かなものを飲みたかったと悔やんだ。

(もうだいじょうぶね。卓也君、きっと彼女とできるわ)

一時的な不能が克服されたから、彼は再び恋人とのセックスに挑むであろう。

今度こそ成功するのではないか。

そんなことを考えると、胸がチリチリと焦がれた。

ベタつく手を洗い、タオルを濡らして絞る。かなり精液が出たから、ティッシュでは足りないだろう。オシボリで青年の股間を清めてあげるつもりだった。

4

和室に戻ると、卓也はまだ横になっていた。起きあがったら下半身の肌にのたくるザーメンであちこちを汚しそうで、動くに動けなかったのではないか。

ティッシュで粘液をざっと拭い、濡れタオルで丁寧に清めてあげる。彼は「すみません」と、恐縮して詫びた。

それでも、萎えた牡器官を拭われると、腰回りをピクンと震わせる。包皮を剝いて敏感なくびれもタオルでこすったものだから、切なげに息をはずませた。

「く——うぅ」

小さく呻き、両膝をすり合わせる。その部分が、再び膨張する気配があった。

(え、あんなに出したのに?)

一度の射精では、溜まっていたぶんをすべてほとばしらせることができなかったのか。

早紀江は卓也の脚を開かせると、汗ばんだ腿の付け根や、陰嚢も丹念に拭いてあげた。そこに至って、若いシンボルは完全復活し、筋張った肉胴に血管を浮かせたのである。

「また大きくなっちゃったの？」

あきれた眼差しを向けると、彼が泣きそうに目を潤ませた。

「ごめんなさい……」

素直に謝るのがいじらしい。

「でも、仕方ないわね。しばらく出してなかったんだし、まだ若いんだもの」

安心させるべく笑顔を見せ、下腹にへばりつくように反り返るものをそっと握る。

「ううう」

卓也が呻き、腰を浮かせた。

早くも持ちあがっている陰嚢は、さっきと少しも変わらぬ大きさに見える。まだたくさん精子が残っているよと訴えるみたいに、ふたつのタマが蠢いているのがわかった。

「ちゃんと精液が出たから、もうだいじょうぶだと思うけど、もう一度してあげようか?」

是非そうしたいという欲望を包み隠し、奉仕の精神で申し出る。すると、彼は少し考えてから、

「あの——」

と、縋る眼差しを向けてきた。

「え、なに?」

「……実は、ちゃんとできるかどうか心配なんです」

「ちゃんとって、彼女とのセックスのこと?」

「はい」

一度寸前で爆発し、そのせいでインポになりかけたのだ。不安を覚えるのは当然である。

「心配たって、それは卓也君がどうにかするしかないんじゃない?」

屹立をゆるゆるとしごきながらも突き放したのは、彼が何を望んでいるのか本能的に察したからかもしれない。

「それはそうなんでけど、できれば練習しておきたいっていうか」

「練習？」

「前の彼女には上に乗られるばかりだったから、自分が上になって、正常位でしたことがないんです。だから自信がなくて」

初めて交わる相手に、騎乗位を求めるわけにはいかないだろう。相手の女の子も経験があまりなさそうだから、尚さらに。

「つまり、わたしと実際にセックスを――正常位をしてみたいってこと？」

質問に、卓也が目を伏せる。

「……駄目でしょうか」

やはりそういうことだったのだ。

九つも年下の青年に、欲望を募らせていたのは事実である。けれど、元教師という堅い仕事に就いていた上に、夫もいるのだ。浮気願望もなかったし、そう簡単に道を踏み外せるものではない。

にもかかわらず、心がグラグラと揺れ動いているのに気がついて、早紀江は混乱した。

（どうしたっていうの、わたしってば）

こんなにもたやすく、男になびく女だったのか。しかも、彼とは今日が初対面だというのに。

そんなことをしちゃいけないと、理性が自らを叱りつける。ところが、それに反抗するみたいに、女の部分が劣情を燃えあがらせるのだ。

「……だって、わたしには夫がいるのよ」

絞り出すように告げると、卓也が小さくうなずいた。

「そうですよね。すみません」

落胆をあらわにされ、胸が締めつけられる。こんないい子を助けてあげられなくてどうするのかと、教育者としての血が再燃するのを覚えた。

もっともそれは、自身の行いを正当化するための欺瞞だった可能性がある。

「だから、最後までするのは禁止ね。あくまでも練習。本番なしの、予行演習ってこと」

取って付けたような妥協案に、彼がきょとんとした面差しを見せる。

「つまり、オチ×チンを挿れるのはダメ。その前までなら、どんなふうにすればいいのか、教えてあげられると思うわ」

そう言ってから、早紀江は急いでスカートを脱いだ。これで終わりではないと青年に理解させるためと、自らの決心を挫けさせないために。

「あ……」

卓也が目を見開き、からだを起こす。三十五歳の成熟した下半身があらわになり、じっとしていられなくなったようだ。

「次は失敗しないように、セックスのこと、きちんと教えてあげるわ」

上半身は着衣のまま。そして下はベージュのパンティのみという姿に、我ながら赤面する。それでも、若い彼には充分にセクシーだったのか、目つきが欲望にまみれた牡のそれになった。

上を脱がなかったのは、あくまでも挿入の仕方のみを教えるという姿勢を崩したくなかったからだ。裸になって抱き合おうものなら、いよいよ深みにはまって後戻りができなくなる。

それでも、畳の上で行為に及ぶのは殺伐としている気がして、早紀江は和室の押し入れを開けた。中には使っていない来客用の蒲団がある。

ちょっと考えて、敷き蒲団を一枚だけ出して敷く。早紀江はその上に脚を流して坐った。

「いらっしゃい」

手招きをすると、卓也がにじり寄ってくる。股間の若茎は頭部を赤く腫らし、鈴割れから透明な雫を垂らしていた。

(すごいわ……ギンギンじゃない)

昂奮して理性を無くした彼に犯されるのではないかと、ちょっぴり怖くなる。それでも、若者を快楽で翻弄する喜びのほうが大きかった。

彼と向かい合うと、早紀江は年上らしくアドバイスをした。

「セックスのときって、男の子はとにかく射精したいってなりがちなんだけど、女の子といっしょに気持ちよくならないと意味がないのよ。それに、ふたりで感じたほうが、快感は何倍も大きいの。わかる?」

「はい」

素直に納得してくれたようだ。これなら見込みがあるだろう。

「だから、キスから始まって、ふたりであちこちをさわり合って、感じるところを見つけるの。おっぱいを揉んだり、乳首を吸ったり、他にも気持ちいいところはたくさんあるから、頑張ってさがして。だけど、相手が嫌がることはしちゃダメよ」

「わかりました」

「それで、彼女をしっかり感じさせてから最後の一枚、パンティを脱がすんだけど、その前に確認しなくちゃいけないことがあるの。何だかわかる？」

「……いえ」

「彼女のアソコが濡れているかどうかよ。オチ×チンが入るように、ラブジュースが充分に溢れているかを確かめるの」

早紀江は卓也の手を取ると、脚を開いた自身の中心に導いた。

「さわってみて」

かすかに震える声で命じると、彼がコクッとナマ唾を呑む。指先が遠慮がちに、クロッチの中心をなぞった。

「あ――」

鋭い快美が生じて、反射的にこぼれかけた声を押さえ込む。ほんの軽いタッチだったのに、膝がわななくほどに感じてしまったのだ。

「……そこ、どうなってる？」

「えと、ちょっと湿ってます」

やはり濡れていたのだ。羞恥に頬を熱く火照らせつつ、早紀江はレクチャーを続けた。

「それだと、まだ充分じゃないの。そこがじっとりして、中がヌルヌルになってから脱がすのよ」

「わかりました」

「それじゃあ、わたしのそこをいじって、気持ちよくしてちょうだい」

「はい」

卓也は素直に従い、内部の恥裂に沿って指を動かした。

（あン、気持ちいい）

背すじがゾクゾクする快さに、呼吸がはずんでくる。それを悟られぬよう平静を装うのは、至難のワザであった。

「クリトリスって知ってる？　女性の一番感じるところ」

そんな質問をしたのは、感じていると悟られぬためでもあった。

「あ、はい」

「場所はわかる？」

「ええと」

指先が、恥割れの上部付近を圧迫する。そこが快楽ポイントにどんぴしゃりだったものだから、堪え切れずに声が洩れた。

「あん」

青年はビクッと肩を震わせたものの、それこそ宝物でも見つけたみたいに目を輝かせた。

「そう。そこよ」

どうにか取り繕おうとしたものの、くにくにとこねるように指を動かされ、早紀江は身をよじった。

「うん……そんな感じで、彼女も気持ちよくしてあげるのよ」

あくまでも教える立場を貫こうとしても、募る悦びに抗えない。このままではおかしくなってしまいそうだ。

どうにか攻勢に転じるべく、早紀江は手を牡の股間にのばした。逞しく反り返るものを摑み、甘美な摩擦を与える。

「ううう」

卓也が呻き、腰をガクガクと揺らした。

「ほら、こんなふうにいっしょにさわり合えば昂奮するし、ずっと気持ちいいでしょ?」

「は、はい」

「だから、どちらか一方がリードするんじゃなくて、ふたりで気分を高めるようにするのよ」

実践教育が身に染みたか、彼は心から納得したふうに何度もうなずいた。

互いの性器を弄《いじ》りあう、男と女。年の差はあっても、歓びを求める気持ちはひとつだ。

とは言え、直にペニスを握られ、しごかれる卓也のほうが不利だったろう。

「あ、あっ、お姉さん」

情けなく顔を歪め、早くも危うくなっていることを訴える。早紀江は手の握りを弱め、上下の動きも緩やかにした。

しかしながら、彼女のほうも切なさの極みにあったのである。

(ああん、どうしよう)

手にした逞しいモノを、膣に受け入れたくてたまらない。奥まで貫かれ、ヌルヌルの穴を乱暴に掻き回されたかった。

だが、夫がいるから本番は駄目だと大見得を切った手前、今さら挿入を許せるはずがない。

「もういいわ。パンティを脱がせてちょうだい」

ここはさっさと個人授業を終わらせるべきだと、進展を促す。ペニスを解放し、蒲団に横たわった。

ベージュの薄物に青年の指がかけられる。ヒップを浮かせると、桃の皮でも剝くみたいにやすやすと奪われた。

(こんな若い男の子に、下着を脱がされるなんて――)

照れくさくも、胸がはずむ。なぜだか誇らしさも覚えた。

「それ、返して」

早紀江はすぐさま手を差し出した。濡れていたし、他の汚れも付着しているかもしれないから、脱いだものを観察されたくなかったのだ。

「あ、はい」

彼から取り返した下穿きを蒲団の下に隠し、仰向けの姿勢で両膝を立てる。M字のかたちに開くと、中心に若い牡の視線が注がれた。

(卓也君、わたしのを見てるんだわ)

情欲にぎらついた目も、早紀江を満足させた。自分が女としてまだまだイケるのだと、彼の反応によって知らされたからだ。

それゆえ、羞恥はさほどでもない。すぐにでも挿入したそうに鼻息を荒くする姿に、優越感すら覚えた。

「今度は直にさわってみて」

その場所を言葉で示さずとも、卓也は手を秘苑に差しのべた。おっかなびっくりというふうに繁茂する縮れ毛をかき分け、さっきも刺激した敏感なポイントをまさぐる。

「くぅん」

もはや隠す必要はないと、感じるままに喘ぐ。下腹が自然と波打つのもわかった。

「そう、そこ。女性はそこを刺激されるのが気持ちいいの」

「は、はい」

「指でこするのもいいんだけど、舐めてもいいのよ」

それは自分がされたいという願望そのままであった。

「じゃあ、舐めていいですか?」

身を屈めかけた彼に、早紀江は焦って「だ、ダメよ」と告げた。

「え、どうしてですか?」

「そこはとってもデリケートなところだから、口をつけられたくない女性もいるの。だから、嫌がることは絶対にしちゃダメよ」

「わかりました……」

「ただ、してほしいけど恥ずかしくて拒む場合もあるから、その見極めはこれから卓也君が自分で学んでちょうだい」

「えと、お姉さんは、本当に嫌なんですか?」

「今はね。だって、シャワーを浴びてないんだもの」

「ああ……」

汚れや匂いを気にしてなのだと、彼もわかったらしい。ただ、どこか不満げに唇を歪めたから、べつにかまわないと思っているのか。

「それから、クリトリスだけじゃなくて、他のところもさわってみて。とにかくデリケートなところだから、傷つけないようにそっとね」

「はい」

指が移動し、恥割れからはみ出した花弁の縁をなぞる。言われたとおりにソフトタッチで、くすぐったくて腰の裏がぞわぞわした。

それでいて、妙に快い。

「あ……ンうぅ」

腰を揺らして呻くことで、さわり方が微妙に変化する。少しだけ強めにこすられ、悦びがふくれあがった。

「いいわ。とっても上手よ」

褒めると、嬉しそうに頬を緩める。指先をミゾにも差し入れ、湿地帯をヌルヌルと掻き回した。

「あ、あっ、それもいい」

敏感な粘膜を刺激されて、体内に甘美な電流が流れる。からだのあちこちがピクッ、ビクンと痙攣するのを、どうすることもできなかった。

「も、もう、すごく濡れてるでしょ?」

息をはずませながら訊ねると、卓也が無言でうなずく。女体の神秘から、ほんの一時も目を離せないという様子だ。

「ここまで濡れたら、オチ×チンを挿れてもだいじょうぶよ。あ、その前に」

早紀江は肝腎なことを思い出した。

「彼女とセックスしようとしたとき、ちゃんと着けた?　コンドーム」

「あ、いえ」

「どうして?」

「着けてほしいって、言われなかったから」

「それじゃあダメよ」

早紀江はやれやれとあきれた。

「避妊してって、女の子のほうからは言いづらいものなの。だから、男の子のほうが気を遣わなくちゃいけないのよ」

「わかりました……」

「前の彼女のときは、どうしてたの？」

「彼女が自分で、おれのにゴムをはめてました。いつも最初から用意してたみたいで、着けないでしたときもありましたけど、そのときはおれがイキそうになったらやめて、最後は手で出されました」

自ら男に跨がるぐらいだ。セックスに慣れていたようだし、避妊に関しても自身でコントロールしていたのだろう。

「そこまでできる子はなかなかいないわ。今の彼女は純情みたいだから、卓也君がちゃんとしなくちゃダメよ」

「はい。そうします」

「それから正常位も、女性に導いてもらうのが楽だし確実なんだけど、彼女には無理そうだから、卓也君がしっかり挿れてあげて」

「でも、どうやって——」

「ちょっと手をどけて」

恥芯の指をはずさせると、早紀江は両脚を開いたまま掲げた。あたかも赤ん坊がおしめを替えられるときのように。

「こうすれば挿れやすいと思うわ。彼女は恥ずかしがるだろうけど、そこは我慢してもらって」

女陰がいっそうあらわに晒されて、卓也の目がますます血走る。濡れた裂け目がぱっくり開いているのが、見なくてもわかった。

「で、卓也君は坐ったまま前に進むの。両腿でわたしのおしりを挟んで、それからオチ×チンの角度を調整して、オマ×コを狙ってちょうだい」

つい卑猥な四文字を口にしてしまい、早紀江はまずいと口をつぐんだ。年下の男の子を導くことに昂ぶり、言葉遣いが自然とはしたなくなったようだ。

彼も驚きを浮かべたものの、かえって昂奮したのか小鼻をヒクヒクさせる。言われたとおりに前進し、反り返る屹立を苦労して前に傾けた。

「先っぽを、挿れるところに当ててみて。あ、本当に挿れちゃダメだからね」

うなずいた青年が腰を前に出す。丸い頭部が、濡れミゾに浅くめり込んだ。

「もう少し下よ」

告げると、素直に亀頭の位置をずらす。膣口を捉えたのがわかり、早紀江は頭をもたげて手を股間にのばした。挿入寸前のイチモツを、急いで握る。

「あうう」

卓也が呻き、腰をブルッと震わせた。強ばりが今にも破裂しそうに、雄々しい脈打ちを示す。

「まだよ。我慢して」

励ますと、彼は大きく息をついた。

(もうイッちゃいそうなんだわ)

早漏気味なのは間違いないようながら、女性上位で責められたときには、ある程度持ったのではないか。おそらく、能動的に交わることに昂奮して、抑えが利かなくなるのだろう。

落ち着くのを待ってから、早紀江はアドバイスをした。

「いい? セックスのときは、絶対に焦らないこと。我慢できなくなりそうだったら事前にオナニーをして、気を鎮めてからするといいわ。それか、彼女に手でしてもらって、精液が出るところを見せてもいいかもね」

「え、そんなことをしてもいいんですか？」

「わたしなんかは、初めて男のひとが射精するところを見たとき、けっこう感動したわよ。神秘的だったし、そのときものすごく気持ちよさそうだったから、相手のひとを可愛いとも思ったわ。年上だったけど、母性本能がくすぐられたっていうか」

「へえ……」

「恥ずかしいかもしれないけど、そういうところも全部見せたほうが、彼女のほうもますます好きになってくれると思うわ」

そんな会話をするあいだに、ペニスの脈打ちがおとなしくなる。とは言え、相変わらず鉄のごとく硬いままであった。

「それじゃあ、卓也君はオチ×チンの手をはずして、わたしの上になって。正常位でするときみたいに」

「あ、はい」

根元を握っていた指をほどき、彼が身を重ねてくる。若い牡の匂いが色濃くなり、早紀江は無意識にそれを鼻から吸い込んだ。

（わたし、卓也君とするんだわ……）

もちろん、ペニスを挿れさせるつもりはない。だが、疑似でもセックスはセックスだ。

「本番のときは、根元までしっかり挿れてから、彼女を抱き締めてあげるといいわ。あと、ひとつになれてうれしいことを、ちゃんと言ってあげてね」

「わかりました」

「じゃあ、オチ×チンはわたしが握ってるから、腰を動かしてちょうだい」

卓也が覚束ないふうに腰を振りだす。手筒の中で、はち切れそうな肉棒が前後に動いた。

「ゆっくりでいいのよ。激しく突けば女性が感じるわけじゃないんだから。彼女も慣れていないだろうし、とにかく優しくしてあげてね」

「は、はい」

せわしなかったピストン運動が緩やかになる。それでも快感は続いているようで、またも彼の呼吸がはずんできた。

（あん、ビクビクしてる）

手にした強ばりが脈打ちを示す。これ以上進まないようガードしているが、膣口に切っ先が当たるたびに、甘い感情がこみ上げた。

正直、ペニスがほしくなっていたのだ。

考えてみれば、夫とはかなりご無沙汰だ。昼間、もの寂しさにかられて自らをまさぐり、ひとときの快楽に身をやつしたこともある。

そんなふうだったから、逞しいモノをすぐにでも受け入れられる今の状態は、ナマ殺しに等しかった。

「う……あう」

卓也は小さく呻きながら、疑似性交を続けている。握り手の指をほどくだけで、剛直が濡れ穴をたやすく侵略するはずであった。

おそらくは彼も、そうなってほしいと願っているに違いない。

それでも早紀江が忍耐を振り絞ったのは、夫への操を立ててではなかった。そうした行為そのものが許されないのだという、元教師らしい倫理観にのっとってのものであった。

(もう、早くイッちゃって)

さっさと終わってくれればいいのにと思っても、卓也は一定のリズムで腰を振り続ける。さっき、ゆっくりでいいなんて言ったことを、早紀江は後悔した。

彼は快感を求めてというより、正常位の腰づかいを懸命に学び取ろうとしている様子だ。そのため、いよいよ危うくなると、自ら動きをセーブして呼吸を整える。これではいつ終わるのかわからない。

埒が明かないと、早紀江は握り手に変化を加えた。抽送の動きに合わせて、悟られぬよう強弱をつけたのである。

「ああ、あ、くううう」

若者の息が荒ぶる。意図した通り、悦びが高まったようだ。

「もうイッちゃいそう？」

わかっていながら訊ねると、彼が「はい」と認めた。

「充分練習になったでしょ？　もう出していいわよ」

「で、でも」

卓也がためらったのは、まだピストン運動のコツを摑めていないと感じていたためか。あるいは、もっと長くこの状況を愉しみたかったからなのか。

どちらにせよ、限界が迫っていたのは間違いあるまい。溢れたカウパー腺液で手筒が濡れ、ヌルヌルと心地よい摩擦をもたらしていたのだから。

「いいのよ。出しなさい。オマ×コに、白いのいっぱいかけて」

昂奮を煽るために、わざと卑猥な言い回しをする。それが引き金になったか、彼の顔がくしゃっと歪んだ。

「ううう、で、出ます」

「さ、腰を振って。本当のセックスのときみたいに」

「はい。あ、ああ、イキます」

張りきった若茎が勢いよく動く。手筒のガードをものともせず、股間が勢いよくぶつけられた。

そのため、亀頭がわずかながら膣口に入り込む。

（あ、ダメ）

反射的に手をはずしそうになり、慌てて握りを強める。それがペニスを歓喜にまみれさせたようだ。

「くうぅ、あっ」

ギクギクと腰を揺すった卓也が絶頂に至る。温かな潮がいく度も放たれ、淫華に降り注いだ。

（あ、中に――）

放たれたものの一部が、膣内に入り込む。それだけの勢いがあったのだ。

前回の生理日がいつだったか、早紀江は焦って思い出した。そして、次が始まるまで一週間もないとわかる。

(だったらだいじょうぶね)

とりあえず安堵して、脈打つ牡根をニギニギした。

「うっ、むふぅ、あふ……」

二度目とは思えない量をたっぷりと放った卓也が、がっくりと脱力する。年上の女にからだをあずけ、ハァハァと呼吸を荒くした。

栗の花の香りが漂い、物憂い雰囲気を醸成する。悩ましさに苛まれつつも、早紀江はオルガスムスの余韻にひたる青年に愛しさを募らせた。

(すごくよかったのね……可愛いわ)

動くこともできずにいる彼の背中を、そっと撫でる。若い汗の香りにも、ときめきを禁じ得なかった。

手の中のペニスは、いつの間にか軟らかくなっている。それを揉むようにしごくと、卓也が身をよじった。

「ううう」

呻いて、腰をビクッと震わせる。射精後で過敏になっている部位を刺激され、じっとしていられなかったのだろう。

「気持ちよかった？」

問いかけに、「はい、すごく」と素直に答えるのも愛おしい。仔犬みたいな従順な目をしていた。

（……させてあげてもよかったかも）

早紀江はちょっぴり後悔した。

第二章　初心者に手ほどき

1

習字教室のチラシを配った最初の週には、どこからも連絡がなかった。

早紀江はさすがに不安になった。せっかく準備したのに、このままでは開店休業のまま終わってしまうかもしれない。

もう一度チラシを配ろうかと考えたとき、夫の広志からアドバイスがあった。

「家の前に習字教室の看板を出したらいいんじゃないか？　前を通りかかったひとが興味を持ってくれるだろうし」

確かに、自宅で教室を開いているところは他にもあるが、どこも看板が出ていた。家の前の通行量はそこそこあるし、新しい教室ができたなどと、口コミも期待できるだろう。

長く続けるつもりなら、ちゃんとしたものを掲げたほうがいいとも言われ、早紀江は市内の業者に看板を注文した。生徒募集の呼びかけや、連絡先の電話番号も入ったものが翌週には届けられ、それを家の前に設置した次の日、さっそく問い合わせの連絡があった。

（これも看板の効果かしら）

早紀江は夫に感謝し、同時にちょっとだけ罪悪感も覚えた。年下の青年と性的な戯れをしたことが、今さら申し訳なくなったのだ。

問い合わせは同じ日に三件あり、世代も立場も異なる三名が、授業を体験することとなった。

無料体験が終わると、三人のうちのふたりが、引き続き通うと言ってくれた。その後、さらに三人の生徒が決まり、とりあえず生徒五人で習字教室がスタートした。

予定していたよりも少人数ながら、最初としてはこんなものであろう。いずれ評価が高まれば、生徒がさらに増えるのも期待できる。幸先のいいスタートと思われた。

習字教室は、なるべく生徒たちの要望に応えるため、都合のいい時間に来てもらえるように授業時間を設定した。五人全員が決まった時間に揃い、指導を受けるわけではない。設定した時間に集まるのは、それぞれ二、三人ほどだ。よって、個別指導も充分にできる。課題は既存のテキストを使わず手作りだから、その準備にも余裕が持てそうだ。

そうして、無事に習字教室がスタートして間もなく、久しぶりに真智がやって来た。卓也のことを頼んで以来、家に来ることがなかったのである。

早紀江のほうも習字教室の開講でバタバタしていたから、お隣さんのことを気にかける余裕がなかった。もっとも、彼女の弟との甘美なひとときを思い出し、自身の指で慰めたのは一度や二度ではなかったけれど。

「習字教室のほうはどう?」

真智が持参した手作りのお菓子で、ささやかなお茶会を開いてすぐに、彼女が心配そうに訊ねた。

「ええ。生徒も集まったし、とりあえず始まったってところね」

「よかったわ。あと、ごめんんね」

「サクラでも何でもするなんて言っておきながら、全然協力できなくて」

申し訳なさそうな顔をされ、早紀江はかぶりを振った。

「ああ、いいのよ。わたしもちょっとバタバタしてたから」

笑顔で告げたものの、正直、あのあとすぐに真智の訪問を受けていたら、気まずくて話もできなかったであろう。何しろ、彼女の実の弟と、いやらしいことをしたのだから。

今だって、ソファで隣に腰掛けた若妻の目を、まともに見られなかった。

「実はね、ちょっと気まずくて、ここに来るのを遠慮してたの」

真智の告白に、早紀江はドキッとした。

（え、気まずいって、それじゃ――）

あの日、何があったのかを卓也から聞き、そのため会えなかったというのか。自分が依頼し、童貞を奪うようにけしかけたとは言え、弟と淫らなことをした友人の顔を見られなかったと。

だが、そういうことではなかったらしい。

「あのね、きのう、卓也から連絡があったの」

「え、きのう？」

「うん。ほら、卓也が早紀江さんのところへ来たあと、どうなったのかずっと気になってたんだけど、あいつってば全然連絡を寄越さなかったのよ。だけど、やっぱりデリケートな問題だし、わたしのほうからあれこれ聞き出すのは遠慮してたんだ」

姉として、弟を本気で心配していたようだ。ブラコンだなんて決めつけたことを、胸の内で詫びる。

「それで、弟さんは何て？」

早紀江も気になって訊ねると、真智が明るい表情を見せた。

「うまくいったって、彼女とのこと。インポも治ったし、ちゃんと最後までできたそうよ」

無事に恋人と関係を深められたようだ。早紀江も安堵したものの、ちょっぴりモヤモヤしたのは否定できない。

（わたしがオチ×チンを治してあげたのに……）

なのに自分とは未遂で終わり、相手の子とは最後までしたのである。会ったこともない娘に、密かに嫉妬する。

しかしながら、卓也にセックスを求められて、拒んだのは早紀江自身である。今さら妬んでもどうしようもない。

「そうなの。よかったわ」

表面上は何でもないフリを装い、相槌を打ってから、ふと思い出して眉をひそめる。

「真智さん、弟さんは経験がないって言ってたけど、ちゃんと女の子を知ってたわよ」

「え、そうなの？」

真智は目を丸くしたから、本当に童貞だと信じ込んでいたらしい。

「今の彼女の前に、付き合った子がいたんだって。その子が初めての相手だったそうよ」

「へえ……初耳」

「ただ、かなり遊んでた子で、いつも一方的だったみたい。そのせいで、今の彼女とはうまくできなかったんだって」

さすがに騎乗位しか経験がなかったとは言えず、曖昧に伝える。それでも、真智は何か察したのか、

「そういうことだったのね……」

と、つぶやいた。それから、興味津々の面持ちで訊いてくる。

「だけど、どうやって卓也のインポを治したの？」

「どうやってって……」

「わたしはてっきり、早紀江さんが卓也の童貞を奪ってくれて、だから彼女とうまくいったのかと思ったのに」

つまり、弟が隣の人妻とセックスしたものと決めつけていたから、気まずくて訪問できなかったのか。

「治したっていうか、卓也君のアソコがちゃんと機能しなくなったのは、心理的な部分が大きかったのよ。だって、朝とかは普通に大きくなってたってことだったし」

「え、そうだったの？」

「ええ。だから詳しく話を聞いて、彼女とうまくセックスをするには、何を注意すればいいのかをアドバイスしたの。卓也君、それで安心したみたいだったし、だからうまくいったんじゃないかしら」

あくまでも話をしただけだと、早紀江は真智に説明した。肉体的なふれあいがあったことは、卓也も姉には打ち明けなかったようで、彼女も疑うことなく納得してくれた。

「ふうん、そうだったの。でも、さすが元先生だね。話をするだけで、不安を取り除いてあげられるなんて」

感心した真智が、改めて礼を述べる。

「本当にありがとう。早紀江さんのおかげで、卓也は立ち直れたんだわ」

「ううん。卓也君が素直で、話をちゃんと聞いてくれたからよ。真智さんが言ったとおり、とってもいい子だったわ」

「そうでしょ？　悪い友達と仲良くしなかったら、大学だって行けたはずなんだもの。もともと頭だってよかったし」

弟を褒められて嬉しかったのだろう。真智は笑顔で卓也を持ちあげる。

（やっぱりブラコンなのかも）

思いつつも、早紀江は「きっとそうね」と同意した。

「だけど、姉としてはちょっとショックだなあ」

「え、何が？」

「卓也が童貞じゃなかったこと。経験がなかったから彼女とうまくできなくて、インポになったのかと思ったのに」

「でも、卓也君って二十六歳でしょ。さすがに何も知らないなんて、無理があるんじゃないかしら」

「それはそうだろうけど」

納得しがたい面持ちは、弟のことが好きな姉としての、複雑な心境を表しているのかもしれない。

(もしもわたしが、本当に卓也君とセックスをしていたら、不機嫌になったんじゃないかしら)

早紀江はふと思った。それとも、どうせなら親しくしている友人に童貞を奪ってもらったほうが、まだ安心できたのだろうか。

「ところで真智さんは、卓也君の彼女と会ったことがあるの?」

「ううん。今度紹介するとは言われたけど」

できれば会いたくないような口振りだ。卓也の話では、真面目で清純そうな女の子のようだから、会えば案外気に入るのではないか。

すると、真智が何かを思い出したように、パチンと両手を合わせる。

「そうだ。大事な話を忘れてたわ」

「え、なに？」

「ウチの旦那の甥っ子なんだけど、この春大学生になったのよ」

そんなに大きな甥がいるのかと驚いたものの、彼女の夫は十歳も上なのだ。その兄なり姉なりの子供なら、大学生でも不思議はない。

「わたしは結婚式のときに会ったきりだったんだけど、I大学に入って上京してきたの。アパートも隣の駅の近くなのよ」

I大学は近隣で最も偏差値の高い、国立の名門大である。かなり出来がいい子らしい。

「頭がいいのね」

「そうみたい。現役で一発合格だったし。それで、このあいだウチの旦那が帰ってきたとき、いっしょに食事をしたの。名前は洋輔《ようすけ》っていうんだけど。岡嶋《おかじま》洋輔。旦那のお姉さんの子供だから、ウチとは苗字が違うの」

「ふうん」

「で、洋輔はたしかに頭はいいんだけど、ひとつだけ欠点があって、字がヘタクソなのよ。それは本人も気にしてて、この先就活とかで不利になっても困るから、綺麗な字が書けるようになりたいっていうの」

「え、それじゃ」

「うん。早紀江さんの教室で、面倒を見てもらえないかと思って」

弟の件で面倒をかけたお詫びに、生徒を紹介してくれるのか。まあ、たまたまだったのかもしれないが。

「もちろん大歓迎だけど、ウチは基本的に毛筆よ。それでもいいの?」

「だけど、筆で綺麗に書けるようになれば、ペンでも上達するでしょ?」

「上達しないとは言わないけど。まあ、希望があるのなら、ペン習字も多少なら見てあげられると思うわ」

「ホントに? 助かるわ。早紀江さんのところなら安心だし」

感謝の眼差しを向ける友人に、早紀江は「え、安心?」と首をかしげた。

「洋輔の実家って、かなり田舎なのよ。そんなところから上京してきたわけだから、やっぱり心配じゃない。世間知らずだし、それこそウチの卓也みたいに、悪い友達に引っかかって道を踏み外しても困るもの」

「あの大学に入ったのなら、そんな心配はないと思うけど」

「わからないわよ。ほら、有名私立の学生が、サークルの女の子を集団でレイプしたなんて事件もあったじゃない」

「まあ、それは」

「とにかく、目の届く範囲にいてくれたほうが、余計な心配をしなくて済むじゃない」

弟だけでなく、夫の甥っ子のことも気にかけるとは。真智はけっこう面倒見がいい性格のようだ。

「あ、習字教室って平日なんだっけ？」

「ええ。基本的にはね」

「土曜日とかは無理？　洋輔、平日は講義があって、通うのは無理そうってことなんだけど」

「んー」

早紀江は考え込んだ。現在決まっている生徒は平日のみだから、土曜日となると個人レッスンになってしまう。

もともと土日をはずしたのは、夫が休みのときは避けたほうがいいだろうと配慮してであった。だが、彼は土曜日も部活指導で、不在のことがほとんどだ。日曜日も完全に休めるのは、月に二回あればいいほうだろう。

よって、土曜日に教えるのは、べつに支障はない。

「土曜日だと他の生徒がいなくて、マンツーマンになっちゃうけど。それでもいいの？」

「あー、むしろそのほうが好都合かも。洋輔って、字がヘタクソなのがかなりコンプレックスみたいで、他のひとに見られたくないって言ってたから」

だったら尚さら、一対一のほうがよさそうだ。他の生徒に遠慮することなく、特別にペン習字を教えることもできる。

（まあ、まずは毛筆を、みっちりやってもらうけど）

綺麗な字を書きたいという意欲があれば、必ず上達するであろう。勉強のできる真面目な子なら、期待できる。

「大学一年ってことは、十九歳？」

「十八歳よ。早生まれなの」

ということは、十七歳も年下だ。早紀江の半分ぐらいの年齢である。法律上もそうだし、少年と呼んでも差し支えあるまい。

（まだまだ子供なのね）

だから字が下手なのかもしれない。

「それじゃあ、今週の土曜日に、さっそくお願いできる？」

「ええ、いいわよ」

「よかった。洋輔には、わたしから連絡しておくね。あ、午後でいい？」

「そうね。じゃあ午後一時に」

「了解。それにしても、卓也に続いて洋輔もなんて、早紀江さんにはウチの子たちがお世話になりっぱなしね」

真智の言葉に、早紀江はドキッとした。お世話という言葉を、つい深読みしてしまったのだ。

（わたしが卓也君にしたこと、聞いてるわけじゃないわよね……）

疑心暗鬼にも陥る。

もちろん、まだ大学一年生の少年にまで、手を出そうなんて企んではいない。そもそも、まだ本人と対面すらしていないのだ。

（――て、それじゃあ可愛い子だったら、いやらしいことをするつもりみたいじゃない）

自身にあきれ、ツッコミを入れる。習字教室もスタートしたのだし、ちゃんとやらなくちゃと気を引き締める早紀江であった。

2

土曜日の午後一時きっかり、玄関の呼び鈴が鳴る。ドアホンのモニターを確認すれば、緊張した顔つきの少年が映っていた。それこそいかにも少年っぽい、あどけなさすら感じる。

(この子も時間ぴったりなのね)

それだけ真面目なのだろう。誠実そうな面差しにも好感が持てた。

面倒だったし、ドアホン越しに対応することなく、直ちに玄関に出てドアを開ける。

「いらっしゃい」

少年が肩をビクッと震わせ、反射的に背すじをのばした。

「あの、僕は――」

「岡嶋洋輔君ね。真智さんから話は聞いてるわ。さ、入ってちょうだい」

「お、おじゃまします」

彼はぎくしゃくした足取りで向かってきた。手と足を互い違いにではなく、右手右足を同時に出しそうな感じで。

習字教室の生徒は、廊下からすぐ和室へ入ってもらうようにしていた。けれど、早紀江は洋輔をまずリビングに招いた。確認したいことがあったからだ。

「とりあえず、この用紙に記入してもらえるかしら」

ソファに腰掛けた彼の前、ローテーブルの上に教室の申し込み用紙を置く。氏名や住所、連絡方法や希望する時間帯など、必要な情報を書いてもらうために。加えて、本人もコンプレックスだという悪筆が、どの程度のものか見極める意味もあった。

ボールペンを手にするなり、洋輔が顔を強ばらせる。横目で早紀江をチラッと見たのは、書くところを見られたくないという意識の表れなのか。

しかし、彼は綺麗な字を書けるようになるため、ここへ来たのである。先生である早紀江に、見せないわけにはいかない。

とは言え、緊張のためか手がかすかに震えている。それはすべての項目を記入し終えるまで続いた。

(うーん……たしかに酷いわね)

空欄に書き込まれる文字を目にして、思わず眉をひそめる。せかせかと動かされるボールペンの先が、ミミズのほうがまだマシと思われるいびつな線を描いたのだ。

かろうじて読むことはできる。だが、たとえば洋輔の「輔」のように画数の多い漢字など、小学校の低学年が書いたみたいに稚拙で、バランスもよくない。一流大学に入ったわりに、知性もまったく感じられなかった。

これではコンプレックスを抱くのも当然だ。

もしも自分が受付の仕事をしていて、来客者がこんな字で名前を名簿に記入したなら、決して大事な客とは思わない。いっそ軽蔑するであろう。

そして、彼の字がここまで崩れる理由も、なんとなくわかった。

「あの……書きました」

怖《お》ず怖ずと差し出された用紙をじっくりと眺め、記入された内容を確認する。

それから、早紀江は改めて隣に腰掛けた少年を見た。

「あ……」

目が合うなり、洋輔が俯《うつむ》く。下手な字を恥じ入ったというより、異性に慣れていないふうだ。

(この子はきっと童貞ね)

早紀江は確信した。女の子に目もくれないで、受験勉強にいそしんできたのではないか。

いや、受験とは関係なく内気のため、異性との交流が難しいのかもしれない。いかにも繊細で気弱そうな面差しが、それを物語っている。

「たしかに、あなたは字の書き方を習ったほうがいいわね」

相手が十代ということもあり、上から目線で断言する。真智の言葉どおり、すでに自覚していた洋輔は、「わかっています」と小声で答えた。

「ところで、どうして綺麗な字が書けないのか、理由がわかる？」

「……それは、もともと下手だから」

「だったら、いくら練習しても意味ないじゃない。そうじゃなくて、整った字が書けないのには、ちゃんと理由があるのよ」

教師時代に、中学生相手にお説教をしたときと同じような口振りで、今日が初対面の少年を諭す。彼が神妙な面持ちを見せていたから、早紀江はますます饒舌になった。

「今、あなたが字を書くところを見ていて感じたんだけど、筆遣いがかなり速いわね。ものすごくせかせかしていたわ。そのせいで線が定まらないし、思うところにもいかないし、歪んでしまうの」

「そうなんですか？」

「ええ。落ち着いて書くように修正するだけでも、かなり違ってくるはずよ。ただ、そういう筆遣いは性格からきているところもあるから、それこそ性格から直すぐらいの気持ちで挑んだほうがいいわね」

「……わかりました」

辛辣なアドバイスをすぐに受け入れるとは、実に素直である。

「ところで、習字の道具は何も持っていないにチェックが入ってるけど、自分で準備することはできそう？」

「ああ、ええと、できればどういうものがいいのか、教えていただきたいんですけど」

恐る恐るというふうに申し出られて、早紀江はうなずいた。

「わかったわ。それじゃ、さっそく出かけましょうか」

「え、出かける？」

「今から道具を買うのよ」

にこやかに告げると、洋輔は戸惑った眼差しを浮かべた。

家からそう遠くないところに、昔ながらの文房具店がある。品揃えもよく、早紀江は洋輔と一緒にそこへ訪れた。

「とりあえず、硯《すずり》と墨、それから筆があればいいわ」

「あの、紙や文鎮とかは」

「文鎮はあとでいいわ。紙はウチで用意するから」

「わかりました」

「じゃあ、まずは筆ね」

小さな店構えにしては広い売り場の、筆が並んだところへ進む。安いものから高価なものまで、さまざまであった。

「弘法筆を択ばずって言葉、聞いたことある?」

「ああ、はい」

「名人は道具の良し悪しなんて関係なく、いい作品をつくるみたいな意味だけど、あれ、実は正しくないの」

「え、そうなんですか?」

「弘法は筆を択ぶの。名人だからこそ、どの道具がちゃんと使えるのかわかるんだもの。だからいいものが書けるのよ」

「……なるほど」

「まして、名人じゃない凡人は、粗悪なものを使ったら、ますますまともな字が書けなくなるわ。とにかく、できるだけいい筆を選ぶべきなの」

すると、洋輔が首をひねる。

「いい筆って、ここだとどれがそれに当たるんですか？」

「そうね。基本的に、質は値段に比例するから――」

早紀江は価格順に並んだ筆をざっと眺めると、

「太筆はこれ、小筆はこれ以上の価格のものを選べばいいわ。あとは自分の予算と相談してちょうだい。まだ硯と墨があるからね」

「硯と墨はいくらぐらいなんですか？」

「ええと、ちょっと待ってね」

硯と墨は、筆ほどには選択肢がない。早紀江は自分も愛用しているものを、

「これがいいわよ」と勧めた。

「硯って、けっこう大きいものを使うんですね」

「そのほうが使い勝手がいいのよ」

残る予算内で、洋輔はできるだけ高価な筆を選んだ。学生ながら、安く済ませようなんて気持ちはないようだ。

(それだけやる気があるってことなのね)

いいことだわと、早紀江は感心した。

文房具店を出て、真っ直ぐ家へ帰る。和室に入ると、早紀江は墨の磨り方から指導した。

「え、墨汁は使わないんですか?」

洋輔は驚きを浮かべた。墨を磨るという行為は知っていたものの、小中の書写の時間には、すでに溶いた液墨を用いていたのだ。

「他の生徒さんには好きなほうでかまわないって言ったけど、洋輔君は自分で磨るべきだわ」

「どうしてですか?」

「気持ちを落ち着かせるためによ」

座卓に向かって正座した彼の、右手側に真新しい硯を置く。いかにもどっしりと風格のあるそれは、昨今の学童向け書写セットに入っているプラスチック製とは異なり、天然石の重いものだ。

よって、墨を磨るときにも、硯に手を添える必要がない。

「墨を出して」

「あ、はい」

小さな木箱に入った固形墨を、洋輔が手に取る。

「これはどうやって持つのが正しいんですか？」

「そういうのは特にないの。墨を磨るときも、真っ直ぐ立ててもいいし、斜めにしてもいいし、自分でやりやすいと思うようにしてちょうだい」

「わかりました」

早紀江は硯の平らなところ、陸の部分に水入れの水を少量垂らした。

「それじゃ、磨ってみて。背すじをのばして、正しい姿勢でね。それから、あまり力を入れちゃダメよ」

「はい。ええと、前後に動かせばいいんですか？」

「のの字とか、N字に動かすなんてのもあるけど、それも自分がやりやすいと感じるものでいいわ」

「はい。やってみよう」

居住まいを正した少年が、手にした固形墨を前後に動かす。キシキシと小さな音が立ち、墨の香りがほのかに漂いだした。

「いい匂いでしょ」

「ええ、そうですね」

「気持ちが落ち着く感じがしない？」

これに、洋輔は言葉で答えなかったものの、神妙にうなずいた。義務教育の書写の時間とは違う、厳かな雰囲気になっているのではないか。

それこそ、早紀江が狙っていたことであった。

だいぶ磨れたところで、水を少量足す。陸で磨れた墨が、窪んだ海の部分に流れた。

最初こそ、洋輔にはどこか面倒くさそうな面差しが垣間見られた。ところが、時間が経つにつれて顔つきが穏やかになってくる。これも墨の香りと、磨るという行為が生み出す効果なのだ。

必要なぶんの液墨ができたときには、心なしか正座の姿勢もぐんとよくなっていた。

「もういいわね。それじゃあ、いよいよ筆を使うわよ」

「はい」

固形墨をケースに戻し、今度は真新しい太筆を手にする。墨につける前に、わずかにためらいを見せたのは、買ったばかりのものを汚したくないという気持ちが生じたためであろうか。

それでも、一度つければあとは躊躇することなく、筆に墨をたっぷりと吸い込ませる。

「あ、紙は？」

洋輔が訊ねたところで、早紀江は用意していたものを見せた。それは新聞紙であった。

「最初はこれで、線を引く練習をするの」

彼は安堵の面持ちでうなずいた。道具は揃ったものの、まだちゃんと書ける自信がなかったようだ。

四つ折りにした新聞紙を、座卓の上に置く。

「左から右へ、真っ直ぐな線を引いてみて。何本も書くから、紙の真ん中じゃなくて上のほうからね」

「わかりました」

さすがに緊張の面持ちを見せ、少年が左手で新聞紙を軽く押さえる。筆を構え、左から右へ一気に黒い線を引いた。

「あれ？」

戸惑った声が洩れる。新聞紙に黒々とした線が描かれたものの、残念ながら真っ直ぐとは言い難い。わずかにカーブし、しかも右肩下がりであった。

おまけに、途中で掠れている。

「新聞紙は習字用の紙よりもすべりがいいから、書きやすいはずよ。なのに思い通りにいかないのは、直さなくちゃいけないところがあるってことね」

「はい……そうですね」

「まずは筆の持ち方なんだけど」

早紀江は彼の右後方に身を寄せた。その瞬間、男にしては細い肩がピクッと震える。やはり女性に慣れていないのだ。

「指はこうよ」

手を添えて、正しい持ち方を教える。持ち手の位置もかなり筆先に近かったので、修正した。

「それから、筆を斜めにしないで、できるだけ立たせるの。文字によっては角度を変えることもあるけど、今はなるべく垂直を心がけて。それから、肘を浮かせて、腕がテーブルの上で水平になるようにしてみて」

「わかりました」

返事の声にも緊張が漲《みなぎ》っている。気詰まりなのか、正座して揃えた足の上で、尻がもぞついているようだ。

(可愛いわ……)

どこかケモノっぽい、若い牡の体臭にもゾクゾクする。うっとりと鼻を蠢かしている自分に気がつき、早紀江は我に返った。

(何を考えているの、わたしってば)

まだ子供でしかない大学生に、劣情を覚えているというのか。

もしかしたら、卓也との関係が尾を引いているのかもしれない。彼が恋人とうまくいったと聞いて、嫉妬を覚えたのは事実である。だったら他の男の子をと、新たな欲望が芽生えたのだろうか。

年下の子を愛でる趣味など、なかったはずである。夫は同い年だし、過去に付き合ったふたりも一、二歳上だった。

まさか、九つも下の青年と戯れたことで、妙な嗜好《やゆ》が根づいてしまったとでもいうのか。男ならロリコンだが、女の場合は何と揶揄されるのか。

（て、そんなことはどうでもいいのよ）

早紀江は雑念を振り払い、努めて平静を装った。

「それから、申し込み用紙に記入したときにも言ったけど、筆遣いがかなり速いわね。もっと落ち着いてゆっくりと。さっき、墨を磨ったときみたいな気持ちで書いてみて」

「はい。やってみます」

返事の声がいくぶん震えていたのは、年上の異性に密着されたせいなのか。早紀江はすっと身を剝がした。

「それじゃ、もう一度。今の線の少し下側に書いてちょうだい」

「はい」

洋輔が再び挑戦する。ふうと息を吐き、新聞紙の上に立てた筆を、左から右へと動かした。

「うん、いいわね」

早紀江が褒めると、彼の面差しから緊張が抜ける。

「そうですか？」

「ええ。最初の線よりもずっといいわ。それじゃあ、今の感じで、上と平行になるように、何本も書いてみて」

「わかりました」

「緊張しないで、肩の力を抜いてね」

「はい」

筆に墨をつけ、洋輔が深呼吸をする。続いて三本目、四本目と、黒い線を何本も書いていった。

そして、平行線が十本以上も引かれる。

「じゃあ、新聞の新しい面を出して」

「あ、はい」

四つ折りの新聞紙が折り返され、別の面を上側にして座卓に置かれる。そこにまた、黒い平行線が引かれた。

「うん、どんどんよくなるわね」

脇に正座して少年を見守り、早紀江はうなずいた。その面も、上から下まで水平のラインが引かれると、

「じゃあ、次は縦線ね」

次の課題に移る。

「え、縦ですか？」

「横線を引いた上から、今度は縦に線を真っ直ぐ引いてちょうだい。左から右に、横線と同じぐらいのあいだを空けて、何本もね」

「はい……」

意図が摑めていなさそうな顔を見せつつも、洋輔は指示に従った。ただ、最初の線は垂直とはならず、かなり傾いた。

早紀江はもう一度、彼の後ろにぴったりと身を寄せた。

「今、線を手前に向かって引くときに、上半身を後ろに倒したでしょ。だから線が斜めになったの。そうじゃなくて、肘をしっかり曲げて、筆を自分のほうに近づけるようにするの。こんなふうに」

彼の右手に手を添えて、お手本を示す。意図したわけではないが、胸のふくらみが少年の背中と二の腕に当たっているのがわかった。

そのためか、洋輔のからだがいっそう堅くなったようだ。

(他のところもカタくなってるのかしら)

ついいやらしいことを考えかけて、焦って打ち消す。

「それじゃ、もう一度」

身を剝がして命じ、斜め後ろから姿勢や筆の運びを確認する。

縦方向の筆遣いは、横線ほど容易にはコツが摑めなかったようだ。洋輔は何度も首をかしげ、悪戦苦闘しているのが窺えた。

それでも、端から端まで、どうにか線を引き終わる。

「筆を置いて、自分が書いた線を見て」

彼がいびつなマス目の描かれた新聞紙を見おろす。そのすぐ脇に、早紀江は膝を進めた。

「横の線も縦の線も真っ直ぐに引けたら、きちんとしたマス目になるはずよね？」

「はい……」

「洋輔君のこれは、横はまあまあだけど縦が曲がっているから、線に囲まれたところが正方形にならないで、台形や平行四辺形みたいになっているわ」

「そうですね」

「定規で引いたみたいに綺麗なマス目が書けるようになれれば、筆遣いがよくなっているってこと。これはそのための練習なの。横線と縦線でマス目を作るだけの単純なものなんだけど、しっかりやれば必ず上達するわ」

新聞紙を見る少年は、どこか悔しげな面差しだ。おそらく、言われたときには簡単だと、たかをくくっていたのではあるまいか。

それでも、このままではいけないと自覚しているのであれば、必ず上達するはずである。

「習字教室のときには、最初にこれを毎回やってちょうだい。新聞紙をこうやって四つ折りにして、一面やったら折り返して、次に裏返して同じようにすれば、四面はできるはずよ。もしも余裕があったら、家でもやってみるといいわ」

「わかりました」

「じゃあ、もう一度。まずは墨を磨って、心を落ち着けてからね」

そこまで言って、何気に視線を落とした早紀江は、驚いて目を瞠《みは》った。洋輔の股間が、あからさまなテントを張っていたのである。

（え、勃起してるの？）

正座しているため、ズボンのシワがそんなふうに見えているのかと思ったが、そうではなかった。明らかに内部から突きあげるもののせいだ。

おまけに、かすかに脈打っているかに見える。

緊張してからだを堅くして、本当に別のところまで硬くしていたなんて。どうしてそうなったのかは、考えるまでもない。

(わたしが密着したから、こうなったんだわ)

つまり彼は、自分を女として見ているのだ。年が十七も離れているのに。

(まだコドモなのに、わたしを求めているの?)

九つ違いの卓也からお姉さんと呼ばれ、魅力的だと言われたときよりも、今のほうが早紀江の胸を高鳴らせた。相手が十代の少年だけに、より背徳的な昂ぶりも生じる。

(ダメよ、早紀江――)

もうひとりの自分が、胸の内で抗う。こんな若い子に手を出してどうするのかと、理性が行動を押しとどめようとした。

にもかかわらず、欲望に負けてしまったのは、卓也と中途半端なままで終わったことへの後悔が、しつこく燻っていたためなのか。

「だけど、今回うまくできなかったのは、筆遣いが未熟なせいばかりじゃないよね」

わずかに掠れる声で告げるなり、理性がどこかへ行ってしまう。あとは進むのみであった。

「え？」

戸惑いを浮かべた洋輔は、いよいよあどけなさが際立つ。純真な眼差しに胸を焦がしつつ、なぜだか嗜虐的な衝動もこみ上げた。

この子を、徹底的に苛めたい――。

早紀江はわざと厳しい顔立ちと声音で、彼に向かった。

「わたしは気持ちを落ち着かせることが大切だって言ったのに、洋輔君は少しも落ち着いてなかったのね」

「……そんなことはないと思いますけど」

いかにも気弱なふうだった少年が、オドオドして反論する。自らを陥れる証拠を誇示しているとも気づかずに。

「だったら、これは何？」

早紀江は情欲のテントを真っ直ぐ指差した。

「あ――」

彼が焦り、うろたえる。すでに手遅れなのに、年上の女の視線から、両手で股間を庇った。

そんなことをすれば、昂奮状態にあると自ら認めるも同然なのに。

「やっぱりオチ×チンが大きくなってたのね」

ストレートに指摘することで、ますます弁明できなくなったらしい。洋輔は俯き、肩を細かく震わせた。

(可愛い……)

愛しさと同時に、彼を滅茶苦茶にしてあげたいという、荒々しい感情もふくれあがる。

「そこがギンギンになっていたら、とても落ち着いて字なんか書けないわね。まさか、いつもそんなふうになっているから、ミミズみたいな字しか書けないってわけじゃないだろうけど」

厭味っぽい指摘にも、幼さの残る大学生はうな垂れて、何も言わなかった。

「ねえ、どうして勃起したの?」

訊ねても、すぐには答えない。「ちゃんと言いなさい」と厳しく問い詰めて、ようやく口を開いた。

「あの……先生が近くで指導してくださったから」

「え、わたしのせいってこと?」

「いえ、あの、とってもいい匂いがして、それに——」

何か言いかけたところで口をつぐむ。さすがに、背中におっぱいが当たったからなんて白状できまい。

「いい匂いってことはないと思うけど。洋輔君からしたら、わたしなんて完全にオバサンじゃない」

自虐的な台詞《せりふ》に、洋輔はかぶりを振った。

「そんなことはありません。先生はまだ若くて、とてもお綺麗です」

卓也のように、さすがにお姉さんとは呼んでくれなかった。あくまでも、習字を教えてくれる教師だからだろう。

それでも、内気な彼が女性に向かって綺麗だなんて言ったのは、おそらく初めてではあるまいか。頬が真っ赤に染まっている。

「まあ、ありがと」

早紀江はわざと大袈裟な相槌を打ち、《どうせお世辞でしょ》と受け止めたふうに見せた。さすがに照れくさくて、冗談めかさずにいられなかった部分もあったのだ。

すると、洋輔が傷ついたふうに、上目づかいで睨んできた。本心を伝えたのに、はぐらかされたと思ったのではないか。

そんな純粋なところにも、胸が締めつけられるようであった。

「とにかく、オチ×チンを大きくしたままじゃ、まともな字なんて書けないわ」

厳格な態度を崩さずに言い放つと、彼は神妙な面持ちでうなずいた。まだ両手で股間を隠したままということは、少しも萎えていないのか。

(こんなふうに叱られたら、小さくなると思うんだけど)

それとも若いから、欲望を放出しないことには、海綿体の充血が解けないのであろうか。

「脱ぎなさい」

早紀江が冷徹に命じたのは、少年の性器がどんな状態なのか、興味が湧いたからであった。

「え？」

洋輔が怪訝《けげん》な面持ちを見せる。命令の意味がわからなかったらしい。

「下を全部脱いで、オチ×チンを出しなさい。このままじゃ、授業を続けられないでしょ」

ストレートに告げられるなり、彼がうろたえる。

「で、でも――」

戸惑いとためらいをあらわにしつつ、目にかすかな期待がきらめいたのを、早紀江は見逃さなかった。

(わたしにイイコトをしてもらえると思ってるんだわ)

猛《たけ》る若茎をしごいて、射精に導いてくれるのではないか。あるいは、童貞も奪ってもらえるのではないかと、脳内で妄想をふくらませていそうである。純情そうでも、中身は一匹のオスなのだ。

とは言え、さすがに早紀江も、初体験まで面倒を見るつもりはなかった。すでに卓也にしてあげたから、愛撫そのものには抵抗がなかったけれど。

3

「ぬ、脱ぎました」

さんざん躊躇したものの、早紀江に強い口調で命じられたこともあり、洋輔は下半身のみすっぽんぽんとなった。

きちんと正座しているのに、下だけ肌を晒した姿は滑稽である。服を着ていても華奢な印象だったが、脱いだらその通りであるとわかった。色白の肌は体毛も目立たない。

羞恥に目を潤ませた面差しが、憐憫《れんびん》を誘う。どこか痛々しくて、胸が締めつけられるようだ。

あらわになった股間は、両手でしっかりガードされていた。若いペニスがどうなっているのか、このままではわからない。

「さ、見せて」

促しても、彼はなかなか手をはずさなかった。見せられないということは、まだエレクト状態が続いているのか。

だが、早紀江には殺し文句があった。少年が恥ずかしいところを晒さずにいられなくなる、魔法の言葉が。

「ねえ、ちゃんと見せてくれないと、わたしは洋輔君に何もしてあげられないのよ」

思わせぶりに目を細めて告げると、洋輔が表情を変える。密かに期待していたことが現実となり、信じられないながらも胸に喜びが溢れ、どうすればいいのかと持て余しているふうだ。

「手をはずしなさい」

もう一度命じると、彼の両手がそろそろと左右に分かれる。あたかも発射台から現れるミサイルのごとく、頭部を腫らした牡器官が天を指した。

(やっぱり勃ってたのね)

それは二十代の青年のものより、幾ぶん小ぶりであったろう。包皮も白く、幼さを感じる眺めである。今は赤い亀頭が露出しているが、萎えたら先っぽまですべて隠れそうだ。

「うう」

洋輔が呻き、泣きそうに顔を歪める。いくら快感を与えられるとわかっても、羞恥が薄らぐことはなかったようだ。

きっと、異性に昂奮状態のペニスを見られるのが、初めてであるために。

「すごく元気ね」

褒めるでもからかうでもなく批評すると、その部分がピクンとうち震える。見られていることがはっきりし、居たたまれないのだろう。

「ねえ、オチ×チンが大きくなっているところを、これまで女の子に見られたことってあるの?」

「……いいえ」

消え入りそうな声で答え、洋輔が首を横に振る。

「じゃあ、女の子にさわられたことは?」

「あ、ありません」

「てことは、童貞?」

より具体的な言葉で質問すると、彼は無言でうなずいた。

(やっぱりね)

予想どおりだったから、驚きはない。だが、未経験だとはっきりしたことで、胸がいっそうときめく心地がした。

「普段は、こんなふうに大きくなったら、どうしてるの?」

「……どうって?」

「ずっとこのままにしておけないでしょ? 一度勃ったら、簡単には小さくならないみたいだし」

欲望をどうやって処理しているのかを訊ねていると、さすがに洋輔も気がついたらしい。

「それは、じ、自分で……」

「オナニーをするの?」

年上の女があられもない単語を口にしたことで、少年は虚を衝かれたふうに固まった。驚いて、軽く混乱したせいなのか、「は、はい」とあっさり認めてしまった。

「だったら、してみせて」

「え？」

「どんなふうにオナニーをしているのか。わたしに見せてちょうだい」

「そんなこと——」

できないと口にする前に、早紀江は交換条件を提示した。

「ちゃんと見せてくれたら、わたしが同じようにオチ×チンをさわって、気持ちよくしてあげるわ」

そんなことを言われて、女を知らない童貞が目の色を変えないはずがない。

「わ、わかりました」

快楽への期待から、洋輔が分身を右手で握る。しごきやすいように膝を離すと、そそり立つものを小刻みに摩擦した。

「うう、あふ」

腰を左右に揺らし、切なげに喘ぐ姿に、早紀江は胸が激しくかき乱されるのを覚えた。

（あん、オナニーしちゃってる）

自分が命じておきながら、目の前の少年が自主的に始めたみたいに、胸の内でつぶやく。

瞼を閉じて陶酔の面差しを見せる洋輔が、裸の腰をわななかせる。はずむ息づかいが次第にせわしなくなり、得ている快感の大きさを如実にしていた。

（すごいわ。アタマがあんなに腫れちゃってる）

紅潮した瑞々しい亀頭は、さながらミニトマトのよう。薄い粘膜が今にもパチンとはじけそうだ。

手の運動に伴い、包皮がそこに被さっては剝ける。先端の、魚の口みたいな鈴割れから溢れる透明な粘液が丸みを伝い、上下する包皮に巻き込まれた。

クチュクチュ……。

泡立つ音が静かに流れる。

「気持ちいいの？」

我慢できずに訊ねると、彼が無言でうなずく。いったい、何を思い浮かべて屹立をしごいているのだろうと、早紀江は気になった。

(ひょっとして、わたしにシコシコされるのを想像してるの？)

思ったものの、さすがにそんなことは訊けなかった。代わりに、

「もっと脚を開いて」

命じると、洋輔が素直に応じる。腿の開脚角度が大きくなり、くりっと持ちあがった陰嚢があらわになった。

そこは縮れ毛も疎らで、愛らしい眺めである。ちょっかいを出さずにいられなくて、早紀江は右手を差しのべた。

「あふッ」

フクロの下側をそっと撫でただけで、細腰がビクンと震える。何をされたのかと驚いた様子で、彼が目を開けた。

「キンタマも気持ちいいの？」

わざと卑猥な言葉遣いをして、牡の急所を捧げ持つ。揃えた指の上で転がすようにすれば、少年が「ああ、ああ」と声を上げた。

(この子もここが感じるのね)

卓也もそうだったことを思い出し、悩ましさが募る。もちろん洋輔も、そんなところを愛撫された経験はないのだ。

「ううう、も、もう」

彼が早くも切羽詰まった呻きをこぼす。初めて異性に敏感なところを触れられたのだ。無理もない。

「まだ出しちゃダメよ。我慢しなさい」

冷徹に命じて、早紀江は身を屈めた。そそり立つ若茎に顔を寄せ、まじまじと凝視する。

「ああ……」

洋輔が小声で嘆く。根元を握った強ばりが、見ないでと訴えるようにしゃくり上げた。

(これ、男の子の匂い――)

二十代の青年よりも、汗の酸味が強い。それから、海産物の燻製を連想させる、蒸れた匂いも。

あのとき、卓也はシャワーを浴びたあとだったようだが、洋輔は違うであろう。買い物にも出かけたし、股間はかなり汗ばんでいたのではないか。

漂うものを深々と吸い込み、陶酔の心地にひたる。若い牡のフェロモンに、からだが中心から疼かされる心地がした。

もはや早紀江は、目の前の少年に悪戯をすることに、少しもためらいを覚えなかった。

「すごいわ。アタマのところ、パンパンね」

「せ、先生」

「キンタマも固くなってるわ」

嚢袋をスリスリと撫でれば、「あ、駄目」と焦った声が聞こえる。内腿の筋肉が細かく痙攣した。

鈴口に丸く溜まった新たなカウパー腺液が、表面張力の限界を超えて滴る。早紀江は反射的に左手の人差し指で、垂れ落ちそうになったものを堰き止めた。

「ガマン汁もいっぱい出てるわ。本当にもうイッちゃいそうなのね」

粘液でヌメる指を用い、敏感なくびれを刺激する。

「あひッ」

女の子のような声を上げ、洋輔が全身をはずませる。またトロッと、新たな先走りがこぼれた。

「もう出したいの？」

上目づかいで確認すれば、彼が顔を歪める。どうしてわかりきったことを訊くのかと、責めるような眼差しを向けて。

それでも、ちゃんと言わないことには叶えられないと、ここまでの展開で理解したようだ。

「出したいです……」

絞り出すような訴えに、胸がきゅんとなる。

「だったら、ここに寝なさい」

「え？」

「坐っているよりも、横になったほうが気持ちよく射精できるんじゃない？」

この指摘に、少年がそれもそうかというふうにうなずく。正座を崩し、畳に背中をつけて手足をのばした。猛るペニスを握ったまま。

どこかいそいそとした様子から、彼が愛撫を期待しているのは明らかだった。

仰向けになると、遊んでとせがむ仔犬みたいな目で早紀江を見あげた。

「それじゃ、オナニーを続けなさい」

告げられたことに、洋輔は愕然とした表情を浮かべた。

「え、まだ――」

「わたしが見ててあげるから、シコシコしなさい」

彼は落胆をあらわにした。それでも握った手を上下に動かしたのは、射精欲求が限界まで高まっていたからであろう。

「くうう」

快美の呻きをこぼし、しごく動作を徐々に大きくする。あるいは自慰行為を見られることに昂ぶっているのか、息づかいもはずんできた。

早紀江は身を屈め、猛る若茎に顔を接近させた。それこそ、息がかかりそうな距離まで。

「じゃあ、またキンタマをさわってあげるわ」

下腹にめり込みかけた陰嚢に手を添え、揉むように撫でる。もっとしてと求めるように、洋輔は脚を大きく開いた。

「あ、ああ」

身をよじって喘ぎ、下腹をヒクヒクさせる。

(とっても気持ちがよさそうだわ)

若いエキスが、かなり勢いよく噴出するのではないか。その瞬間は、刻一刻と迫っているようである。

亀頭の紅潮具合が著しくなる。張り詰めて艶めく粘膜を見つめれば、光を反射させるそこに顔が映りそうであった。

(こんなになっちゃって……)

代わりに握って、悦びを与えたい衝動が高まる。おそらく早紀江が指を絡めるなり、堪え切れずに絶頂するのではないか。

そうしなかったのは辱めを与え、徹底的に焦らしたかったからである。それから、もうひとつ目的があった。

「キンタマがこんなに持ちあがってるわ。もうイキそうなんでしょ？」

「は、はい……ああ、もう」

「いいわよ。いっぱい出しなさい。気持ちよくなって、白いのをピュッピュッて飛ばすのよ」

「うう、も、もう出ます」

いよいよ限界を迎え、手の動きが速度を上げる。多量に滴る先汁が、ヌチュヌチュと卑猥な音をたてた。

「あ、あ、イク」

肉槍の穂先がさらにふくらみ、鈴口に白い体液がプクッと盛りあがる。その瞬間を逃さず、早紀江は先端を口に入れた。

「えっ⁉」

驚きの声を洩らした洋輔は、頭をもたげて目撃したのではないか。自身の剛直が、年上の女に咥えられたところを。

「ああ、あああ、駄目──」

すでに襲来していたオルガスムスの波を、彼はどうにか押し戻そうとしたらしい。しかし、それは無駄な努力に終わり、ナマぐさい奔流がびゅるびゅると口内にほとばしった。

(あん、すごい)

次々と溢れるものを、早紀江は舌を回していなした。それは過敏になった亀頭粘膜を刺激し、強烈な快感をもたらしたようである。

「くはッ、あ、あふ、くうううううっ!」

洋輔は喘ぎ、呻き、腰をガクガクと跳ね躍らせた。濃厚な樹液をたっぷりと吐き出しながら。

「うぅ……はああ」

ありったけのザーメンを放ち終え、少年が脱力する。脈打っていたペニスが、徐々に勢いをなくした。

濃厚な粘液が、口いっぱいに溜まっている。青くささが喉から鼻に抜け、むせ返りそうであった。

（いっぱい出たわ）

こぼさないように口許をすぼめ、亀頭を解放する。その瞬間、細腰がビクンとわななないたから、駄目押しの快感があったようだ。

（すごくドロドロしてる）

口内の精液をどうしようか、早紀江は迷った。ティッシュに吐き出すつもりでいたのだが、もったいない気がしたのである。

口で発射を受け止めたのは、初めてではない。夫のモノもそうだし、結婚前に付き合った相手のほとばしりも味わったことがある。

だが、一度も飲んだことはなかった。

若い精は匂いが強い上に、濃くて喉に絡みそうだ。にもかかわらず、早紀江は思いきって天井を仰いだ。

ゴクッ――。

喉を鳴らし、濃厚な青汁を胃に落とす。その瞬間、甘美な震えが全身に生じた。

（美味しい……）

ほんのり苦くて、喉ごしがやけに心地よい。舌に残る粘つきも好ましかった。ひと口ではもの足りなく、もっと飲みたくなる。

そのため、陰毛の上に力なく横たわった秘茎を摘まみ、再び断りもなく口に含んだのである。

「むふッ」

洋輔が鼻息をこぼし、腰をわずかに浮かせる。おそらく快感よりも、むず痒さが強かったのではないか。

そんな反応もおかまいなしで、早紀江は尿道に残ったぶんを吸いたて、軟らかくなった肉器官を舌で弄《もてあそ》んだ。

「ああ、あ、ううう」

苦しいのか、気持ちいいのか、判然としない呻き声が聞こえる。おそらく両方なのだろう。

そして、萎えかけていた若茎が、再び海綿体に血液を集める。

（え？）

口の中でムクムクと膨張する感覚に、早紀江は目を白黒させた。あんなに多量に発射したのに、直ちに復活することが信じられなかったのだ。

それでも舌を絡みつかせ、敏感なくびれを狙って舐めくすぐる。

「ああ、せ、先生」

洋輔が腰を右に左によじった。オルガスムスに達したあとだけに、刺激が強烈なのだろう。

もっとも、そのおかげで、若いペニスはさっきと同じように力を漲らせた。

「ぷは——」

喉を突きあげそうな勢いのものを解放すれば、ナマ白かった筒肉が赤みを増している。亀頭のエラも段差を際立たせ、より生々しい様相であった。

「気持ちよかった？」

訊ねると、閉じていた瞼が薄く開く。早紀江を眩しそうに見あげ、少年は「はい」と掠れ声で返事をした。

「みたいね。すごくいっぱい出たもの。ドロドロして、匂いもキツかったし、喉に引っかかりそうだったのよ」

感想を述べると、彼が「え？」と怪訝な面持ちを見せる。それから焦りをあらわにし、上半身を起こした。

「あ、あの、先生は僕のを——」

皆まで言わずとも、何を訊きたいのかわかった。

「ええ、飲んだわよ」

さらりと言ってのけると、洋輔が目を伏せる。そこまでしてもらって感激しているというより、罪悪感のほうが大きいようだ。

それでも、復活した分身を握られると、「あああ」と気持ちよさそうにのけ反った。

「鉄みたいにカチカチじゃない。あんなにたくさん出したのに、まだ満足してないの？」

「そ、そういうわけじゃ」

「困ったわ。こんなすぐに勃起しちゃうようじゃ、先が思いやられるわね」

「え、どういうことですか？」

「また授業中に大きくなったら、集中できないじゃない。わたしが近くに寄っただけで、洋輔君は勃っちゃうんでしょ？」

「う……」

恥ずかしい指摘をされ、顔を歪めた少年に、早紀江は背すじがゾクゾクするのを覚えた。彼が困れば困るほど、気分が昂揚するようだ。

「それとも、ちゃんと集中して字が書けるの？」

「……書けます」

見下すように言われては、そう答えるしかなかったろう。

「本当に？」

早紀江が強ばりをしごくと、洋輔が息づかいを荒くする。膝がブルブル震えたものの、彼は「できます」とムキになって返答した。

「だったら、テストをするわね」

「え、テスト？」

「もう一度、筆遣いの練習をするわよ」

脈打つ牡器官を解放すると、洋輔は残念そうに唇をへの字にした。もっと快感を与えてほしかったに違いない。

4

下半身をあらわにしたまま座卓に向かうように言われ、洋輔はかなり戸惑った様子であった。

「な、何をするんですか？」

「言ったでしょ。筆遣いの練習よ」

また四つ折りの新聞紙が前に置かれ、何をするのか理解したようである。だが、そそり立つ秘茎をまる出しのままで、落ち着けるはずがなかったろう。

「筆を持ちなさい。まずは横の線からよ」

「……はい」

仕方なくというふうに、彼が筆を手にする。墨をつけた穂先を新聞紙につけるより先に、早紀江は背後からそそり立つ若茎を握った。

「むふッ」

洋輔が太い鼻息をこぼし、正座したまま尻をくねらせる。

「ほら、集中しなさい」

叱ると、困惑げな流し目が向けられた。

「しゅ、集中ったって」

「きちんとした線が引けたら、わたしがイイコトをしてあげるわ」

告げるなり、彼の目が輝いた。あるいは、初体験をさせてくれるのかと期待したのではないか。

新しい筆を下ろしたばかりの日に、自らの筆下ろしもしてもらえるなど、これほど幸運なことはあるまい。だったら是が非でもという心境になったとしても、不思議ではなかった。

洋輔は新聞紙に向き直ると、深呼吸をした。筆をしっかりと持ち、さっき注意されたように真っ直ぐ立てる。股間では彼自身の筆も、同じ角度でピンと直立していた。

やはり人間の行動力を決定づけるものは欲なのか。洋輔は最初よりもしっかりした筆遣いで、横線をすっと引いた。さらに、それと平行して二本目も。

（ふうん。なかなかやるじゃない）

早紀江は感心して見とれた。イイコトをしてあげるなんて曖昧なご褒美で、ここまで本気を出すとは思わなかったのだ。

しかしながら、本当にきちんとした線が引けたとしても、童貞を奪ってあげようとまでは考えていなかった。と言うより、絶対に成し遂げられないよう、邪魔をするつもりだったのだ。

強ばりを小刻みにしごくと、

「あふっ」

しっかりと浮かせた右肘を、洋輔が震わせる。それでも線を曲げることなく引き終えたのは立派だ。

「ほら、この程度のことで音を上げちゃダメよ」

意地悪く告げ、手の動きを大きくする。早くも溢れ出た先走りを指に絡め取り、くびれの段差をくちくちとこすりあげた。

「あああ、だ、駄目です」

童貞少年には、甘美すぎる責め苦であったろう。情けない声をあげ、新聞紙から筆を浮かせる。線が震えそうになったらしい。

「ダメじゃないわ。これは特訓なのよ。どんな状況でもきちんとした字が書けるようにね」

ペニスを愛撫されながら字を書くなんて状況が、実際にあるとは思えない。昔の料理漫画にあった、水に浮かせたキュウリを切断するのと一緒で、仮にできたとしても役に立つような技ではないのだ。

もっとも、快楽への期待にまみれた少年には、そんな冷静な判断はできなかったであろう。

「ううう」

募る快感に抗い、懸命に筆を動かす。ふくらみきった亀頭をカウパー腺液でヌルヌルにしながらも、どうにか横線を書き終えた。

だが、縦方向の線は、やはり難しかったようだ。

「あ、あっ」

洋輔が感に堪えない声を洩らしたのは、早紀江が背後から密着し、両手を前に回して陰嚢にも悦びを与えたからだ。

「パンパンね。まだ精子がたくさん残ってるみたいだわ」

わざとあからさまなことを言い、サオをしごいてタマを撫でる。彼がもどかしげに身をくねらせたのは、背中に当たる柔らかなものに気づいたからであろう。

(可愛いわ)

純情な反応に、愛しさがこみ上げる。それでいて、ますます苛めたくなるのはなぜだろう。

(わたし、どうしちゃったのかしら)

もしかしたら意識していなかっただけで、もともと年下の男の子を玩弄したがる性癖があったのだろうか。それが卓也との戯れで、この年になって覚醒したのかもしれない。

だが、そんなことはどうでもいい。目覚めたにしろ植え付けられたにしろ、いたいけな少年に快感を与えて操るのは、この上ない喜びであった。

洋輔がどうにかマス目を完成させたときには、若い肉根は全体が赤らみ、粘っこいシロップが根元までまぶされていた。磯の生物のような、生々しい印象を著しくする。

「で、できました」

洋輔が息をはずませて報告する。どこか暗い声音に、思ったようにできなかった悔しさが滲んでいた。

事実、横線はわりあい平行に引けていたものの、縦線はかなり歪んでいた。

「うーん、まだまだね」

ストレートに批評すると、彼がうな垂れる。恨みがましげな視線を向けてきたのは、自分のせいではないと訴えたかったからなのか。

けれど、この場の主導権もペニスも、握っているのは早紀江なのだ。

「横の線はだいぶよくなったけど、縦は真っ直ぐ引けたもののほうが少ないわ。さっきのほうが、まだよかったんじゃないかしら」

辛辣な評価に、少年は不満をあからさまにした。

「それは先生が——」

「言ったはずよね？　どんな状況でも集中して、書けるようにならなくちゃダメだって」

洋輔が口をつぐむ。そこまで言われては、反論などできなかったであろう。強ばりから手をはずすと、彼が落胆をあらわにする。これで終わりなのかと、心からがっかりした様子だ。

すかさず、早紀江は愛想のいい面差しを浮かべた。

「まあ、でも、頑張ったんだから、ちゃんとご褒美をあげなくちゃね」

これに、洋輔は一転、表情を輝かせた。

「ほ、本当ですか？」

「ほら、ここに寝なさい」

横になるよう促すと、鼻息を荒くして畳に寝そべる。いきり立ったままの牡根が脈打ち、頭部がさらにふくらんだようだ。

（わたしに気持ちよくしてほしいのね）

欲望をあからさまにされ、嬉しくなる。こんな若い子が求めたくなるほど、自分にはまだ女としての魅力があるというのか。

それゆえに安売りをせず、もっと焦らしたくなる。

「ねえ、どっちがいい？」

「え、何がですか？」

「わたしが手でしてあげるのと、わたしの恥ずかしいところを見て、自分でするのと」

この二択に、彼は裏切られたような顔を見せた。そんなのはあんまりだと、泣きそうに眉根を寄せる。

ただ手でしてあげただけでも、おそらく少年は満足したはずである。ところが、新たなエサを目の前にぶら下げられ、どうすればいいのかと迷わずにいられなくなったのだ。

「……あの、恥ずかしいところって？」

恐る恐るというふうに確認され、早紀江は鳩尾のあたりが疼くのを覚えた。

「洋輔君が好きなところなら、どこでもいいわよ。おっぱいでも、おしりでも、それから——」

目を細め、思わせぶりに舌なめずりをする。

「オマ×コでも」

卑猥な四文字に、少年はかなりの衝撃を受けたようだ。分身がしゃくり上げ、透明な先汁をトロリとこぼすほどに。おまけに鼻息が荒くなり、裸の腰が悶えんばかりにくねった。

（やっぱりアソコが見たいのね）

無修正の女性器画像なら、今はネットにいくらでもあると聞く。彼はいかにも真面目そうだから、そういうものは見ないよう避けてきたのか。それとも、見たことはあっても、やはり実物のほうがいいのだろうか。

どちらにせよ、だったら自分の手でしごいてもかまわないという方向に、気持ちが傾いていると見える。そうとわかりつつ、早紀江はまたも意地の悪い条件を突きつけた。

「わたしのカラダが見たいのなら、どこなのかちゃんと名前を言ってね。でないと、わからないから」

これに、洋輔はまたも困り顔で眉根を寄せた。おっぱいやおしりぐらいなら言えても、秘められたところの俗称は口にしづらいからであろう。

いや、だったら女性器と言えばいい。しかし、そこを見たいと自ら求めるのは、かなり恥ずかしいのではないか。

現に、彼はかなり迷っている様子だった。唇をへの字にして、焦れているのがわかる。

そんないたいけな姿にも、早紀江はたまらなくそそられた。

(洋輔君、ちゃんとオマ×コって言うのかしら?)

きっと顔を真っ赤にして、消え入りそうな声でどうにか絞り出すのではないか。そうしたら、もっとはっきり言いなさいと、さらなる辱めを与えるのだ。

いや、やっぱりそこまで求めるのは無理だから、おっぱいあたりで妥協するかもしれない。それはそれで悪くなかった。

初めて目の当たりにするナマ乳房に、おそらくギラつく眼差しが向けられるはず。そんな場面を想像し、触れてもいない乳頭が昂奮して突き勃つようだ。

すると、洋輔が意を決したふうに口を開いた。

「あの、だったら——」

「ん、どうするの?」

わくわくして訊ねると、予想もしなかった要求を突きつけられた。

「お……オナニーするところを見せてください」

「ええっ!?」

「恥ずかしいところだったら、何でもいいんですよね？」

彼は挑発的にこちらを見あげているものの、精一杯強がっているふうである。そっちがその気ならと思い切って反撃したらしいが、叱られたらどうしようと内心ではビクついているのが窺えた。

そのため、早紀江も願いを叶えてあげたい気にさせられた。

(なかなか言うじゃない)

我が子の成長を見守る心境にも、似ていたかもしれない。こちらの条件を逆手に取り、さらに上回ったことを求めるとは、かなり聡明なようだ。さすが名門大学に入るだけのことはある。

とは言え、自慰をさせれば秘部も拝めると考えているのだったら、それは諦めさせる必要があった。

「オナニーを見せるんだったら、下着は脱がないわよ」

与えるご褒美はひとつだけであることを強調すると、洋輔が「かまいません」と答える。女体の一部よりも、ワイセツな行為を目にしたいようだ。

「ただ、僕が寝ていても見られるように、僕の上でしてもらえますか？」

「え、上で？」

「スカートを脱いで、逆向きになって——」

シックスナインのかたちで股間をまさぐるように求められ、さすがに顔が熱くなる。

「わたしにそんな恥ずかしい恰好をさせるの？　エッチねえ」

あきれてなじると、彼は少しムッとしたふうだった。

「だって、先生も僕がするところを見たんだし」

これでおあいこだと主張したいようだ。

子供じみた反論もいじらしく、早紀江は少しも不愉快ではなかった。むしろ、そこまで言うのなら、徹底的に見せてあげたい心づもりになる。

（わたしのオナニーで昂奮して、また精液をいっぱい出すんじゃないかしら）

求められた体勢なら、射精するところも間近で観察できるのだ。

「わかったわ」

早紀江は中腰になり、スカートのホックをはずした。艶腰からはらりと脱ぎおろせば、茶色のパンティがあらわになる。色は地味だが、裾に白いレースが施されたエレガントなものだ。

「ああ……」

洋輔がうっとりした声を洩らし、目を見開く。女らしく成熟した下半身に、すっかり見せられたふうだ。

これで顔を跨いであげたら、きっと大昂奮だろう。その反応が愉しみで、早紀江はいそいそと少年の上で逆向きになった。

「よく見えるでしょ？」

股間を彼の眼前に接近させて告げると、「は、はい」と感動を込めた返事がある。牡の猛りが、今にも爆発しそうにビクビクとうち震えた。

（あん、元気だわ）

これなら自分でしごかずとも、青くさい体液を噴きあげるのではないか。

早紀江もたまらなくなり、求められる前に右手を股間にのばした。クロッチ越しに、秘められた園をまさぐる。

「あふン」

いやらしい鼻声がこぼれ、自然と腰がくねった。ほんの軽い刺激でも、目がくらむほど感じたのである。

じゅわ——。

蜜汁が溢れる感じがある。膣内に溜まっていたぶんが、一気にこぼれたというふうだ。

(濡れてるところ、見られちゃうかも)

茶色の布は、内側から愛液が滲み出れば、シミがかなり目立つだろう。だが、淫らな状況に全身が火照っていた早紀江は、べつにかまわないと思った。

むしろ見せつけて、若い牡を昂ぶらせたかった。

距離が近いから、蒸れた女くささも嗅がれているかもしれない。それを少年がどんなふうに受け止めているのか、ちょっぴり気になる。

(くさくて幻滅したんじゃないかしら……)

もっとも、ペニスははち切れそうに猛ったままだ。劣情に苛まれているのは間違いない。

「み、見てるの?」

内部の縦ミゾをなぞりながら問いかけると、洋輔が「はい」と答えた。

「どう?」

「すごくいやらしくて、昂奮します」

言葉どおりの熱に浮かされたような声音に、早紀江は満足した。

「もっと見ていいわ。オチ×チンもシコシコするのよ」

屹立に少年の細い指が絡む。煽られたように激しくしごいたものの、すぐに動きをセーブした。イキそうになったのだろう。

「ううぅ」

呻き声が聞こえ、根元を握られた肉根がせわしなく頭を振る。鈴口に丸く溜まった先汁は、白く濁っていた。

（いっぱい昂奮させてあげるわね）

胸の内で呼びかけ、指先を股布に喰い込ませる。ラブジュースが二重になった布に染み込み、濡れジミができているのが見なくてもわかった。

（すごく濡れてる……）

裏地が恥芯に張りつく感触がある。指先が湿りと熱を捉えており、酸っぱい匂いも強まっているのではないか。

「あ、あふ、ううン」

抑えようもなくよがり声が洩れる。悦びが高まり、四つん這いの姿勢を保つのも難しくなった。右手は秘部をいじっているため、三点でからだを支えているからバランスが悪いのだ。

ならば、ヒップを洋輔の顔面に載せたらいい。いや、いっそパンティを脱いで、陰部を密着させたい。

彼はクンニリングスなどしたことがないわけで、技巧はまったく期待できない。だが、童貞少年に恥ずかしいところを舐められるというシチュエーションを想像するだけで、早紀江は乱れそうであった。

(たまらない——)

もはや我慢できず、指をパンティのゴムにくぐらせる。恥割れに触れるなり、ビビッと快い電流が生じた。

「あひッ」

歓喜の声がこぼれ、内腿がわななく。熟れ尻をぷりぷりとはずませ、早紀江は孤独な指遊びに耽った。

いや、孤独ではない。ご無沙汰な夫婦生活で満たされない欲求を、自らの指で慰めるときとは異なり、今はちゃんと見てくれる者がいるのだ。

それも、未だ女を知らない、純情な少年が。

指に温かな蜜が絡みつく。それを用いて敏感な肉芽をこすると、愉悦が手足の隅々にまで浸透した。

(やん、これ、気持ちよすぎる)

自身の指で、ここまで感じるのは初めてだ。

（見てるんだわ、洋輔君……わたしのオナニー）

視線を意識することで、全身に愉悦が行き渡る。濡れ苑をまさぐるクチュクチュという粘つきも、彼に聞こえているのではないか。

早紀江はいつになく短い時間で、昇りつめそうになっていた。それだけ昂奮していた証である。

「ほ、ほら、わたしのオナニーを見て、ちゃんとシコシコしなさい」

あられもない命令に、若茎の摩擦が再開される。昂ぶっていたのは洋輔も同じだったようで、三分も経たずに彼は降参した。

「せ、先生。もう出そうです」

「いいわよ。出しなさい。わ、わたしももうすぐイクから」

「はい……あ、ああっ、イク、出るぅ」

若腰がぎくしゃくと跳ね躍る。紅潮した亀頭が限界まで張り詰め、鈴口にザーメンの白い雫が見えた。

びゅるん――。

白濁の固まりが、糸を引いて宙に舞う。今度は口をつけることなく、早紀江は射精の有り様を凝視した。クリトリスを高速でこすりながら。

「あ、あっ、イクぅ」

極まった声をあげるなり、からだがふわっと浮きあがる心地がする。蕩ける快美にまみれた女体が、ビクッ、ビクンと痙攣した。

青くさいザーメン臭が悩ましい。疲労にまみれたからだをどうにか支えた後、早紀江は洋輔の脇に逃れると、ぺたりと坐り込んだ。

「くは——ハァ、はあ……」

胸を上下させる少年に、愛しさがふくれあがる。気がつけば身を伏せて、瞼を閉じた彼の唇に、そっと自分のものを重ねていた。

「ん?」

洋輔が目を開く。早紀江は我に返り、焦ってからだを起こした。

「ちょっと待ってて。ティッシュを持ってくるから」

平静を装って立ちあがったものの、心臓は壊れそうに高鳴っていた。

(何をしたの、わたしってば)

十代の、何も知らない少年の、唇を奪うなんて。今のが彼にとってファーストキスだったのではないか。

互いにオナニーを見せたのである。くちづけぐらい、今さらどうということはないのかもしれない。

なのに、禁断の園に踏み入れたようなときめきと、激しい後悔に苛まれた。セックスの真似事までしておきながら、卓也とは唇を交わさなかった。彼には愛する恋人がいたし、求められなかったためもあったが、仮にせがまれても拒んだであろう。キスはセックス以上に、不貞の繋がりである気がするからだ。

にもかかわらず、洋輔の唇が衝動的にほしくなったのだ。

それだけ情愛が高まり、無意識に親密な繋がりを求めてしまったらしい。唇に残る感触を反芻しながら、何気に少年を振り返れば、彼は戸惑いを浮かべてこちらを見あげていた。

（わたしがキスしたから、びっくりしたみたいね……）

とは言え、嫌ではなかったようで、唇が物欲しげに蠢いている。今のが本当のことだったのか確かめたい、もう一度してほしいとねだるみたいに。

早紀江は知らぬフリを装い、若い肌に飛び散った精液をティッシュで後始末した。極力、彼と目を合わせないようにして。

そんな態度を余所余所《よそよそ》しいと受け止めたのか、洋輔が心細げに見つめてくる。

何かまずいことをしたのかと、不安を覚えているようだ。
もちろんそんなことはなく、原因は早紀江にある。
(やっぱりいけなかったのよ。こういうことは)
許されない領域に足を踏み入れてしまった後悔が、人妻の心を大いに揺さぶっていた。

第三章　若妻のおしゃぶり

1

平日の午後、家事もひと段落ついて、早紀江はリビングのソファに腰をおろした。テレビが流す韓国ドラマの再放送を、ぼんやりと眺める。

けれど、内容は少しも頭に入っていなかった。

早紀江の脳裏に浮かんでいたのは、大学生になったばかりのいたいけな男の子。彼が快感に身悶え、多量の白濁液を噴きあげるところだ。

栗の花に似た濃厚な青くささも鮮やかに蘇り、悩ましさが募る。あれからもう一週間近く経つのに、記憶が薄らぐことはなかった。

むしろ、日を追うごとに鮮明になる。

おそらくそれは、こうすればよかった、もっとこうしたかったという悔やむ気持ちが、願望となって記憶に上書きされた結果なのだ。そのため、実際にあったこと以上に、淫靡なものに置き換わっている。

おかげで、劣情の雫が下着の裏地をじっとりと湿らせていた。

ほとんど無意識の動作で、スカートをそろそろとたくし上げる。女らしい美脚があらわになり、もしもこの場に洋輔がいたら、きっと目を見開いてナマ唾を呑むであろう。

しかし、この場には早紀江しかいない。それをもの足りなく感じつつ、右手を太腿の付け根へと忍ばせた。

「あん……」

クロッチの中心に軽く触れただけで、熟れ腰がビクンとわななく。こぼれた喘ぎ声をすかさず嚙み殺したのは、人妻としての慎みからなのか。

もっとも、今さら取り繕っても遅い。すでに二回も、不貞の行為に及んでしまったのだから。

（すごく濡れてる）

指先が確かな湿りを捉える。愛液が外側にまで滲み出ているのか、かすかにヌルヌルした感触もあった。

布越しのタッチが早くももどかしくなり、早紀江はパンティを慌ただしく脱いだ。裏返った臙脂《えんじ》色のそれを確認すれば、クロッチの裏地に白い粘液がべっとりと付着している。

（すぐに洗わなくちゃ）

お気に入りのものだから、シミを残したくないのだ。

だが、その前に疼く華芯を慰める必要がある。一度絶頂しないことには、少しも落ち着けそうになかった。

時間の空いた午後、誰もいないリビングでオナニーをするのは初めてではない。特に夫婦生活がご無沙汰になってからは、一日置きぐらいに濡れ苑をまさぐっていた。

しかしながら、こんなにもオルガスムスを欲したのは初めてだ。自慰をしても昇りつめることなく、途中で終わることだってあったのに。

これも洋輔を相手に、中途半端に終わった影響なのだろうか。

己の欲するままに、しなやかな指をナマ身の恥割れに這わせる。合わせ目をソフトタッチでなぞり、本体も指も充分に潤滑させてから、徐々に深みへと沈み込ませた。

「あ──ン、んうう」

いやらしい声も、ひとりっきりだから抑える必要はない。こぼれるままに任せ、敏感な肉芽を包皮越しに圧迫する。

「あ、あっ、そこぉ」

ビビッと、電流に似た快美が体幹を走り抜けた。

普段はクリトリスを刺激するのであるが、今日はそれだけでは満足できそうになかった。蜜汁をたっぷりとまといつけた中指を、早紀江はそろそろと膣へ侵入させた。

「くうう」

天井にある粘膜のツブツブをこすると、深い歓喜が生じる。そのまま付け根近くまで埋没させてから、指を小刻みに出し挿れした。

「あっ、あああ、感じる」

誰も聞く者がいないのに、得ている悦びを口にする。声を出すことで、不思議と快感がふくれあがるようだった。

クチュクチュ……。

蜜壺を攪拌《かくはん》する卑猥なサウンドが耳に届く。

中指は付け根までべっとりと濡れ、手のひらも飛沫でヌラついていた。それだけ抽送が激しくなっていた証である。

自らの指で快楽を求めながら、早紀江の脳裏には洋輔が浮かんでいた。記憶の中のものではなく、妄想によって辱《はずかし》められる姿だ。

(硬いオチ×チン、しゃぶってあげたい)

口に入れ、ザーメンの噴出を受け止めたものの、舌での奉仕は充分とは言えなかった。もっとじっくりと味わい、彼が身悶えするほどに感じさせたい。

いや、いっそ、女体の奥まで強ばりを迎え入れ、純潔を奪いたい。

指を童貞少年の清らかなペニスに見立てて、気ぜわしくピストンする。体奥に快美の火花が飛び散り、ソファの上でヒップがくねった。

「あああ、よ、洋輔君のオチ×チン——もっとぉ」

はしたなく乱れ、息づかいを荒くする。まだ始めたばかりなのに、早くも頂上が迫っていた。

リビングで痴態に耽る人妻。オカズにされている洋輔が目の当たりにしようものならたちまちエレクトし、一緒にオナニーを始めるであろう。

いや、我慢できずに襲いかかるのか。そんな場面も想像し、昂ぶりがいよいよ最高潮に達する。

「あ、イク――」

悦楽の波が襲来し、熟れたボディがガクンガクンと波打つ。膣がキツくすぼまり、目の前に白い靄がかかった。

「イクイクイク、イッちゃうぅ」

アクメ声を張りあげ、早紀江は昇りつめた。

「あふンッ!」

喘ぎの固まりを吐き出し、一気に脱力する。からだのあちこちを快感の余韻で痙攣させながら、ソファに沈み込んで深い呼吸を繰り返した。

「ふは……はあ、ああ――」

波が引いて理性を取り戻すと、罪悪感がじわじわと忍んできた。

(……またしちゃった)

今週は、毎日のようにこんなことをしていたのだ。昨日などは習字教室が始まるまで、二回もしてしまった。

そして今も、一度昇りつめただけでは満足できそうになかった。今日は金曜日で、習字教室の予定はない。だが、明日は土曜日だ。洋輔がここへ来るのである。

彼を思い浮かべて狂おしい悦びにひたっても、明日は淫らな行為をもっとエスカレートさせようとは、早紀江は考えていなかった。むしろ、先週のことを激しく後悔していたのである。

(まだ未成年の大学生に、あんなことをするなんて)

あれから何度となく自らを責め、もう決してするまいと心に決めた。自慰をするのは溢れる欲望を発散し、不埒な感情を消し去るためであった。

もっとも、妄想がエスカレートするばかりで、逆効果になる恐れもある。現に今も、募る感情を持て余していた。

とは言え、自分の半分ぐらいの年しかない少年に、恋心を抱いていたわけではない。何も知らない彼を弄びたい、快感の虜にしたいという、嗜虐的な欲求に苛まれていたのだ。

かつて異性に対して、こんな劣情を持ったことはなかった。そもそも年下の男に興味がなかったのだから当然である。

あるいは、やはり卓也との一件で新たな嗜好に目覚め、抑えが利かなくなったのであろうか。

（だいたい、広志さんがわたしをちゃんと抱いてくれてたら、こんなことにならなかったんだわ）

忙しいばかりの夫に、胸の内で恨み言を述べる。夫婦生活に満足していなかったから、道を踏み外してしまったのだと。

それでは、自身が欲求不満だったと認めることになる。

自己嫌悪がこみ上げ、早紀江はやり切れなくため息をついた。責任を転嫁しても虚しいばかり。結局のところ、悪いのは自分なのだ。

（明日は、洋輔君のことをちゃんと見てあげなくちゃ）

もちろん性的な意味ではない。習字の筆遣いを教えてあげるのだ。綺麗な字が書けるように。

それには、欲望を徹底的に鎮める必要があった。

未だムズムズが消えない恥芯を、早紀江は再び指で慰めた。シャツの前もはだけ、あらわにした乳頭も摘まんで刺激する。

「あん……いい、オマ×コ熱いのぉ」

卑猥な言葉遣いで気分を高め、愉悦の独り遊びに没頭する。指ピストンはさっきよりも激しさを増し、溢れたラブジュースがソファにまで垂れた。

どれだけ悔やもうが、オカズとして脳内で戯れる相手は、やはり洋輔であった。若さを漲らせた硬いペニスで、女芯を抉られる場面を想像する。

それは彼女にとって、この上ないファンタジーであった。

「イヤイヤ、ま、またイッちゃうぅううっ!」

歓喜の声を張りあげて、二度目の頂上に至る。それでもまだまだもの足りなくて、早紀江は日が傾くまで、飽くことなく自瀆を続けた。

2

土曜日の午後、洋輔がやって来た。

「よ、よろしくお願いします」

玄関口で、初対面でもないのにオドオドした素振りを示した彼に、早紀江は努めて冷静に応対した。

「今日が二回目ね。頑張りましょう」

励ましの言葉も、どこか素っ気ない。気持ちがこもっていないことを、洋輔も察したようだ。

「あの――」

心配そうな面差しで訊ねかけたのを無視して、早紀江は「さ、どうぞ」と招き入れた。今日はリビングではなく、廊下からすぐ和室へ通す。

「それじゃ、墨を磨ってちょうだい」

座卓を前にして正座し、前回買ったばかりの道具を出した少年に、さっそく指示を出す。

「あ、はい」

洋輔は戸惑いを表情に貼りつけたまま、固形墨を手に取った。

いくらなんでも態度が冷たすぎるのではないかと、早紀江も思わないではなかった。けれど、少しでも優しくしたら、そのままずるずると深みにはまってしまいそうだったのだ。

愛欲という名の、底なし沼に。

そうやって自らを律しながらも、彼の顔を見たときから、心臓は高鳴りっぱなしであった。こうして和室にふたりっきりになってからは、鼓動がいっそう激しさを増す。

（洋輔君に聞こえてるんじゃないかしら……）

と、心配になるほどに。そのくせ、かすかに漂う若い牡臭に、鼻を蠢かさずにいられなかった。

そのため、肉体にさらなる変化が生じる。

（あ、ヤダ――）

彼の斜め後ろに正座して、早紀江は揃えた腨の上でヒップをもぞつかせた。華芯がじゅわりと潤う感覚があったのだ。

一緒にいるだけで愛液が溢れてしまうなんて。自分はこんなにも淫らな女に成り果てたのか。

蒸れたそこから、女くささがむわむわとたち昇ってくるよう。意識しすぎなのかもしれないが、クロッチの裏地はすでにじっとりと湿り、陰部に張りついていたのだ。

スカートを穿かないほうがよかったかもしれないと、早紀江は後悔した。ちょっと動くだけでも、内部の熱気やいやらしい匂いが、裾からこぼれてしまう恐れがある。

だからと言ってパンツを穿いていたら、無意識のうちに股間に手を挟み、刺激していたかもしれない。普段穿きで愛用しているものは白が多いので、恥ずかしいシミが外に浮かんでも困る。

そんなことを気にかけるまでに、早紀江の肉体は早くも情欲の火照りを帯びていたのである。

「あの、できました」

声をかけられてハッとする。見ると、硯の海ところに、充分な量の墨が溜まっていた。

「ああ、そう。それじゃ――」

早紀江は焦り気味に、用意してあった新聞紙を折った。前回と同じく、マス目を綺麗に書く練習のために。

「もう説明はいらないわね。まずは横線から引いてみて」

「はい」

洋輔が筆を手にする。穂先にたっぷりと墨を染み込ませたものの、前に置かれた新聞紙を見つめたまま、動こうとしなかった。うまく書ける自信がないのか、それとも緊張しているのか。

「どうしたの？」

声をかけると、彼がこちらを振り返る。

「……もう、テストはしないんですか？」

「え？」

「僕、どんな状況でも、真っ直ぐな線を引けると思います。家でも練習しましたから」

「……そうなの？」

「もしもちゃんとできなかったら、また特訓してください」

大真面目に言われて、早紀江はあきれた。

彼は明らかに、淫らな施しを求めているのだ、なのに、テストや特訓を口実にするなんて。

(洋輔君らしいわね)

今も叱られるのではないかと、ビクついているのがわかる。彼にしては、かなり思い切ったことを口にしたものだ。

その健気さがほほ笑ましく、早紀江の中にあった頑《かたく》なな気持ちがほぐされる。

すでにあんなことまでしてしまったのだ。今さら取り繕い、清廉潔白ぶったところで遅いのである。

それに、女体は明らかに彼を欲していた。

(この子がしてほしいっていうんだもの。生徒の希望なんだから、しょうがないじゃない)

あくまでも求められたからなのだと、これからの行動を正当化する。理由にもならない弁明だとわかっていながら、自分の気持ちには抗えなかった。

それでも、こみ上げる喜びを圧《お》し殺し、あくまでもビジネスライクに振る舞う。

「わかったわ。それじゃあ、下を脱いで」

冷淡に告げると、洋輔が安堵の面持ちを見せた。筆を置いて中腰になり、いそいそとベルトを弛めるのもいじらしい。

よっぽど気が急いていたのだろう。彼はズボンとブリーフをまとめて脱ぎおろした。白いおしりが見えて、胸がきゅんと締めつけられる。

(可愛いわ)

撫でて、頰ずりしたくなる。その衝動を抑えるために、早紀江は自身の胸を強く抱き締めた。

「ぬ、脱ぎました」

下半身をあらわにした洋輔が、再び正座する。さっきまであった緊張感はなくなり、どこかわくわくしたふうに。

「それじゃ、筆を持って」

「はい」

彼が書く姿勢をとったところで、早紀江は真後ろに進んだ。身をぴったり寄せると、華奢なからだがピクッと震える。

「始めなさい」

耳に温かな息を吹きかけて囁くと、少年が操られるように筆を動かした。

家でも練習したというのは事実らしい。前のときとは打って変わって落ち着いた筆さばきで、綺麗な横線を引く。ブレもなく、始筆と終筆もしっかりしていた。

(なかなかやるじゃない)

感心しつつ、右手を彼の前に回す。二本目の始筆に入ったところで、早紀江は股間のモノを握った。

「むうっ」

洋輔が呻き、身をよじる。線がわずかにブレたが、どうにか持ち直した。

「あら、もう勃起してたの?」

しなやかな指が捉えた若茎は、すでに硬くそそり立っていたのだ。おまけに、鈴口には粘つきも感じられる。

「う——ああ」

快美に喘ぎつつも、彼はどうにか二本目の横線を書き終えた。

「ねえ、いつからこんなになっていたの？」

牡の漲りをニギニギしながら問いかける。手を上下にも動かすと、その部分がいっそう硬くなった。

「あの、さっきから」

「さっきって？」

「……この部屋に入ったときからです」

つまり、最初からこうなることを期待していたのだ。

早紀江は意地悪く質問を続けた。屹立を小刻みにしごきながら。

「どうして？　またわたしの匂いに昂奮したの？」

「いえ、そういうわけじゃ……」

「何もないのに勃起したの？　こうやってからだをくっつけたせいでっていうのならわかるんだけど。ほら、背中におっぱいが当たっているの、わかるでしょ」

バストのふくらみを強く押しつけると、洋輔は息をはずませだした。

「こうなる前から勃起してたってことは、またわたしに気持ちいいことをしてもらえるんじゃないかって、期待してたんじゃない？」

「……はい、そうです」

素直に認められ、愛しさが募る。それでいて、もっと苛めたくなったのは、前回と一緒だ。

「ひょっとして、家で習字の練習をしたときも、わたしのことを考えた？」

「は、はい」

「こんなふうに、オチ×チンをシコシコしてもらったことを？」

「……はい」

「そのときも勃起したの？」

「しました」

「我慢できなくなって、オナニーした？」

これには、さすがに即答できなかったようだ。それでも、早紀江が「どうなの？」と促すと、

「し、しました」

と答え、耳を真っ赤に染めた。

(やっぱり自分でしてたのね)

その場面を想像して、子宮が疼く。

「精液、いっぱい出た?」

「はい」

「わたしのお口に出したのと同じぐらい?」

そのときの記憶が蘇ったのか、肉根がビクンとしゃくり上げる。

「いえ、そこまでは」

「どうして?」

「……先生としたときのほうが昂奮して、気持ちよかったから」

誘導され、熱に浮かされたような口調で打ち明ける少年は、与えられる快さに夢見心地というふうである。手が震えたか、筆から落ちた雫が新聞紙に黒い水玉を描いた。

「ほら、ちゃんと書きなさい」

「あ、はい」

注意すると、筆を構えて横線を引く。早紀江はペニスに緩やかな摩擦を施していたが、さほど乱れることはなかった。

「上手じゃない。本当に練習したのね」

「はい。頑張りました」

「それじゃあ、ご褒美をあげてもいいかしらね」

そんなことを口にしたのは、早紀江自身、一方的に弄ぶだけの状況に焦れったくなったからである。洋輔も当然ながら、それを望んでいたようだ。

「ほ、本当ですか!?」

振り返った彼の目は、キラキラと輝いていた。手にした強ばりも、はしゃぐみたいに脈打つ。

(素直な子だわ)

早紀江は胸の内でほほ笑んだ。こうなることを望んで、自宅でも習字の練習に精を出していたのではないか。別の精も出しながら。

とは言え、そう簡単に先へ進んでは面白くない。

「だけど、このあいだみたいにオナニーは見せないわよ」

最初に釘を刺したのは、痴態を見物させたくないからではない。前回と同じ展開では面白くないからだ。

もっとも、洋輔もそのほうがよかったらしい。

「あの……だったら、見せてほしいんですけど」

「え、何を?」

「……アソコを」

具体名を出されずとも、女性器であるとすぐにわかった。その瞬間、彼の視線がチラッと下に向いたからだ。

(やっぱり男の子ね)

女としては、そんなところを見て何が嬉しいのかと、疑問を持たずにいられない。ただグロテスクなだけなのに。おっぱいやおしりなら、同性のものでも綺麗だと思うことがあるから、まだわかるけれど。

とは言え、自身も卓也や洋輔の若いペニスにときめかされたのだ。案外、男も女も変わらないのか。

「アソコってどこ?」

わかりきったことを早紀江が訊ねたのは、少年に恥ずかしいことを言わせ、辱めるためである。

「だから、アソコ……」

「ちゃんと言ってくれないと、見せられないわ」

きっぱり告げると、彼が悔しそうに下唇を噛む。それでも、ここで引き下がってはならないと思ったか、

「性器——じょ、女性器を見せてください」

前回密かに想像したとおり、堅苦しい言葉で切り抜けた。

「ああ、オマ×コね」

公では口にできない四文字で切り返すと、洋輔がうろたえる。それでも、「は、はい」とうなずいた。

「見たことないの？」

いちおう確認すると、彼はちょっと迷ってから、

「えと、ネットでなら」

と、伏し目がちに認めた。

「ふうん。洋輔君も、そういうのを見るのね」

半分からかう口調で感心すると、頬を赤く染める。

「だけど、ネットで見たことがあるのなら、わたしのなんか見なくてもいいんじゃない？　オマ×コなんてグロいし、そんなに面白いものじゃないわよ」

決心を挫《くじ》けさせるようなことを告げても、洋輔はかぶりを振った。

「いいえ。僕は、先生のだから見たいんです」

真剣な眼差しで訴えられ、早紀江は不覚にも感動してしまった。誰のものでもいいわけではなく、他ならぬ自分が求められたのだから。たとえ、この場を凌《しの》ぐための、取り繕った言い訳であっても。

(いい子だわ……)

彼が望むことを、何でも叶えてあげたい気にすらさせられる。

「わかったわ。そこまで言うのなら、見せてあげる」

早紀江は屹立の指をほどき、後ろへ下がった。膝立ちになり、スカートをたくし上げる。

こちらにからだを向けた洋輔が、期待に目を瞠る。股間の肉槍が血管を痛々しいほどに浮かせ、いく度も反り返った。

(元気だわ)

もっと昂奮させたくなって、両手をスカートの中に入れる。さながらストリッパーのごとく腰を左右に揺らしながら、焦らすように薄物をヒップから剝きおろした。

そのとき、張りついていたクロッチの裏地が恥芯から剝がれて、ピリッと快さが生じる。思わず身をよじると、

「ああ……」

正面から感嘆の声が聞こえた。まだその部分をあらわにしていないのに、下着を脱ぐところを目にしただけで彼は昂ぶったようだ。

おかげで、早紀江は羞恥に苛まれずに済んだ。むしろ誇らしさすら覚えながらパンティを美脚にすべらせ、爪先からはずす。

(スカートはこのままでいいわね)

秘部を見たいと求められたのだから、他のところをあらわにする必要はない。一度にサービスするのではなく、少しずつ許していくつもりだった。

畳におしりをついて、両膝を立てる。腿をハの字に開くと、洋輔の目がさらに見開かれた。

「さ、いいわよ」

呼びかけると、畳に手をついた四つん這いで近づいてくる。目をギラつかせ、それこそポーズそのままにケモノのごとく。

(すごく昂奮してるみたい)

童貞ゆえに、女性器に対してここまで血眼《ちまなこ》になるのであろうか。その気持ちに少しでも応えてあげようと、早紀江は膝を離した。

「どう、見える?」

問いかけに、洋輔は無言でうなずいた。声を出す余裕もなかったらしい。

そのときには、彼の顔は女芯から二〇センチしか離れていなかった。

(あん、こんな近くで)

視線が文字どおり突き刺さるようだ。穴が開くほど見つめるとは、こういうことを言うのだろう。まあ、すでに穴は開いているのだが。

「そんなに近づかないで」

思わず咎《とが》めてしまったのは、視姦される恥ずかしさに耐えられなかったからではない。正直な女陰臭を嗅がれることを恐れたのである。

そこは早くから濡れており、蒸れた匂いを漂わせていた。脚を開いたときにたち昇ってきた女くささに、早紀江は眉をひそめたぐらいなのだ。

「どうしてですか?」

洋輔が秘苑から目をはずさずに訊き返す。

「だって……く、くさいでしょ?」

ストレートに確認するなり、彼の小鼻がふくらんだ。濃密な恥臭を深々と吸い込んだようだ。

「いいえ。とってもいい匂いです」

言われて、頬がカッと熱くなる。いい匂いということは、紛れもなく恥ずかしいパフュームを嗅いだのだ。

「いい匂いのわけないでしょ。まったく、ヘンタイなんだから」

居たたまれずに罵ると、洋輔が上目づかいでチラッとこちらを見る。叱られて反省したというより、こちらの出方というか、隙を窺っているふうであった。

(何をするつもりなの?)

早紀江は嫌な予感がした。

そして、それは現実のものとなる。彼がいきなり突進し、あらわに晒された陰部に口をつけたのである。

「キャッ、ダメっ!」

早紀江は悲鳴を上げ、尻で後ずさった。ところが、太腿をがっちりと摑まれて、逃げられなくなる。

「は、離しなさい」

叱りつけても、少年は言うことを聞かなかった。それどころか、舌を恥割れに差し入れ、抉るように律動させたのである。

「くはッ」

強烈な快感がからだの中心を貫き、早紀江はのけ反って体軀を波打たせた。クンニリングスをされるのは初めてではないが、ここまで感じさせられたことは、かつてなかった。

「だ、ダメ……」

たしなめの言葉も、高まる愉悦によって弱められる。舌をピチャピチャと動かされ、ますます抵抗できなくなった。

(わたし、洋輔君にオマ×コを舐められてる——)

その事実が、与えられる悦び以上に早紀江を昂ぶらせた。背徳感で理性が麻痺し、訳のわからぬまま畳の上に仰臥する。とても坐っていられないほど、全身の力が抜けていたのだ。

「ダメよ……あああ、し、しないで」

譫言のようなつぶやきも、洋輔の耳には届いていないのか。いたいけな舌が不浄の苑を縦横に荒らし、溢れる蜜をすすられる。

ぢゅぢゅぢゅッ――。

遠慮のない吸い音に、早紀江は「イヤイヤ」と羞恥の涙を滲ませた。

(汚れてるのに、くさいのに)

けれど、彼は本当にいい匂いだと思っているのか。躊躇なく舌を躍らせるばかりか、フガフガと鼻息も荒ぶらせたのである。

(嗅がれてる……わたしのいやらしい匂いを全部――)

シャワーを浴びずに男に抱かれたことなら、過去にもあった。そのときは、決して秘部に口をつけることを許さなかったし、そもそも好んで舐めようとする男もいなかった。

よって、素のままの味や臭気を知られるのは、これが初めてのこと。しかも、相手は女を知らない、大学生になったばかりの少年なのだ。

童貞でも、女体に関する知識はある程度持っていたらしい。洋輔は闇雲に舐め回していたわけではなく、感じるポイントを探っていたようだ。

「あひッ」

包皮に隠れた肉芽をほじられ、早紀江は熟れ腰をガクンとはずませた。反射的に、彼の頭を内腿で強く挟み込む。

「むうう」

少年の呻き声が聞こえる。苦しさゆえのものではない。柔らかなお肉のむっちり感が、心地よかったようだ。

その証拠に、舌づかいがいっそうねちっこくなる。

「ああぁ、ダメ、ダメなの。そんなにされたら――」

早紀江は身をよじり、息をはずませ、ふくれあがる歓喜と闘った。乱れるところを見せるわけにはいかないと。

十七歳も年上だという意地もあったろう。そんなことよりも、単純に恥ずかしかったのである。もしも絶頂させられたら、この先どんな顔をして彼と接すればいいのか。

いっそ、初体験をさせてあげると呼びかけてみようか。そうすれば洋輔は口淫奉仕を中断するに違いない。さっきもペニスはギンギンになっていたし、挿入したくてたまらないはずだから。

しかしながら、そこまで進むことにためらいも覚える。彼が習字教室へ来たのは、まだ二回目なのだ。

こんな早くに結ばれてしまったら、今後は毎回セックスをすることになるだろう。そんなふしだらな目的で、この習字教室を始めたわけではない。

とは言え、いたいけな少年を誘惑し、最初に手を出したのは早紀江である。要は身から出たサビであり、因果応報であり、自業自得なのだ。

などと、書き初めの課題みたいに四文字熟語を思い浮かべている場合ではなかった。このままでは本当にイカされてしまう。

「ね、ねえ、わたしにもおしゃぶりさせて」

咄嗟に言い放った言葉に、舌の動きが止まる。洋輔が女芯から口をはずしたのがわかった。

その機を逃さず、早紀江は急いで上半身を起こした。

「洋輔君のクンニ、とっても気持ちよかったわ。だから、今度はわたしにフェラさせてちょうだい」

息をはずませながら告げると、口許をべっとり濡らした少年が顔をあげる。期待と情欲にまみれた目をしていた。

「い、いいんですか?」

「もちろんよ。洋輔君のオチ×チン、舐めさせて」

ようやく落ち着いて、精一杯色っぽい声音で求める。

「はい。お願いします」

彼はうなずき、うずくまった姿勢からからだを起こした。股間を見れば、そそり立つ若茎は頭部を紅潮させ、透明な雫を筒肉にまで滴らせていた。

(こんなに勃たせちゃって……)

やはり我慢できないほどの昂奮状態にあったのだ。だからフェラチオの誘いに乗ったのである。

「ここに寝て」

前回と同じように、畳に仰向けにさせる。下半身のみすっぽんぽんなのも、あのときと一緒だ。

「すごく元気ね。オチ×チン、壊れちゃいそうだわ」

早紀江は若腰の脇に膝をつき、下腹にへばりつかんばかりに怒張した筒肉に指を回した。軽く握って上向きにさせると、洋輔が「あうう」と呻く。

「ほら、こんなに硬いのよ」

余り気味だったはずの包皮も張り詰め、少しも余裕がなさそうだ。仕方なく、先走りのヌメりを潤滑剤にして、ゆるゆるとしごく。

「ああ、ああ」

彼は切なげに喘ぎ、頭を左右に振った。腰がガクガクと上下し、早くも昇りつめそうな風情である。

それでも、顔をしかめて下唇を嚙み、懸命に忍耐を振り絞るのが健気だ。もっと気持ちいいことをしてもらえるのに、こんなことで爆発するわけにはいかないとわかっているのだ。

「は、早く……しゃぶってください」

焦れったさもマックスに達したよう。目には涙が浮かんでいる。鈴口に溜まったカウパー腺液も、白く濁っていた。

(これだと、お口に入れるなりどっぴゅんするんじゃないかしら)

だが、いっそ放出したほうが落ち着けるのではないか。若いから、二度も三度も出したいであろうし、すぐ復活するに違いない。

早紀江は、まだまだ愉しむつもりであった。せっかくの機会であり、若い牡を徹底的に弄びたくなっていた。さすがにセックスはおあずけでも、互いに舐め合うぐらいならと、少年とのシックスナインも思い描いていたのである。

「じゃあ、お口でしてあげるわね」

目を細め、色っぽい流し目をくれながら顔を伏せる。しゃくり上げるように脈打つ肉の槍は、青くさい牡の臭気を振り撒いていた。

フェロモンを深々と吸い込み、先っぽをチロッと舐める。

「くあああ」

洋輔が声を上げ、半裸のからだを波打たせた。頂上が迫ったのだ。

(あ、ダメ)

雄々しくうち震える強ばりの根元を、早紀江は強く握った。溢れそうになった奔流を堰《せ》き止めるために。

「うう……うッ、ふは――」

彼は息を荒ぶらせたものの、どうにか暴発を回避した。胸を大きく上下させ、射精したあとのように腰や膝を痙攣させながら。

「もうちょっと我慢しなさい。お愉しみはこれからなんだから」

注意すると、情けなく顔を歪めるのがいじらしい。

若茎の脈打ちが鎮まるのを待ってから、早紀江は再び顔を伏せた。粘液で濡れた尖端と唇が、あとほんの少しで接触するというところで、
プルルルル――。

リビングの電話が鳴ったものだから、心臓が止まるかと思った。

「わっ」

洋輔までもが驚きの声を上げる。

「ちょっと待ってて」

早紀江は牡の漲りから手を離すと、急いで立ちあがった。普段、家電にかかってくることは滅多にないから、何か急用かと気になったのだ。

「ああ……」

少年が情けない声をあげたのを無視して、隣のリビングに移る。受話器を取り、名乗ると、電話をかけてきたのは夫の広志であった。今日も部活指導で出勤しているのである。

「はい、渡瀬です」

「え、どうして家の電話に？」

『携帯にかけたんだけど、出なかったからさ』

「ああ、ごめんね。スマホを寝室に置きっ放しにしたみたいだわ」

本当はリビングのソファにあったのだ。バイブにしていたのと、淫らな行為に夢中だったため、着信に気づかなかったのである。

平静を装っていたものの、夫の声を聞いたときから、早紀江の心臓はドキドキと高鳴っていた。何しろ、不貞行為の真っ最中だったのだから。

(何かを察して電話してきたわけじゃないわよね……?)

さっきまでの昂奮が、一気に鎮まるようであった。

『あのさ、大事なものを家に忘れちゃったんだよ』

「え、なに?」

『地区大会の申し込み用紙さ。今日中に選手名簿を添えて、中体連の事務局の先生に届けなくちゃいけないんだ』

「まあ、大変じゃない」

早紀江も元教師だから、そういう申し込みがどれだけ重要かわかる。遅れたら大会への参加が認められず、部員たちの頑張りが報われなくなるのだ。

『悪いけど、学校まで持ってきてくれないかな。おれの机の上に、A4の茶封筒があるはずだから』

「わかったわ。待っててね」

安請け合いをしたのは、夫への罪悪感があったからだろう。彼の勤務校は家から遠く、往復すれば一時間半以上はかかるのである。

(しょうがないわね。大会に出られなくなったら、子供たちが可哀想だもの)

早紀江は受話器を置くと、二階の夫の部屋へ急いだ。机の上には確かに茶封筒があり、いちおう中を確認すれば、間違いなく大会の申込書だった。

それを手に階段を下りたところで、洋輔のことを思い出す。

(仕方ないわね。急用なんだから)

ここは帰るまで待っていてもらうより他ない。

(ま、いい焦らしになるかも)

胸の内でほくそ笑みながら和室に入ると、彼は畳の上に所在なく坐り込んでいた。股間のイチモツをビンビンにさせたまま。

(もう待ちきれないみたい)

しかし、残念ながら相手をしている時間はない。

「ごめんね。主人のところに大事な書類を届けなくちゃいけないの。行ってすぐに戻るから、わたしが帰るまで待っててもらえる?」

おそらく電話のやりとりが聞こえていたのだろう。洋輔も緊急の用事であると理解したのではないか。

「わかりました……」

渋々というふうにうなずいた少年が気の毒で、早紀江は嬉しがらせることを口にした。

「その代わり、帰ってきたら埋め合わせはちゃんとするから」

そう言って、彼の前に膝をつく。いきなり顔を股間に伏せると、赤く腫れた亀頭を躊躇せず口に入れた。

「はうッ」

洋輔が喘ぎ、腰をビクンと震わせる。

早紀江はちゅぱッと舌鼓を打ち、敏感な粘膜をてろてろと舐めると、すぐに顔をあげた。

「続きはあとでね。あ、ちゃんとマス目を書く練習をするのよ」

悪戯っぽく笑みを浮かべて告げると、彼が唇を歪める。ナマ殺しもいいところだと、なじるように。けれど、待つしかないのである。

唾液で濡れた先端はいっそうふくらみ、今にも破裂しそうな様相を呈する。これではマス目を書く前に、マスをかきたいのではないか。

そう思ったものだから、

「我慢できなくなったら、オナニーしてもいいわよ」

笑顔で言い残して、早紀江は玄関に向かった。おそらく、そんなことはしまいと確信しながら。

3

パンティを穿いていないことに気がついたのは、電車に乗ったあとだった。洋輔の前で脱いだことを、すっかり忘れていたのである。

(どうりでスースーすると思ったら……)

土曜日の昼下がり。大して混んでいない車両の中、早紀江は座席の上でヒップをもぞつかせた。

ロングスカートだから、中を見られる心配はない。それでも、どうも落ち着かなかった。ノーパンで外出するのなんて初めてだ。

(満員電車でなくてよかったわ)

痴漢に遭って下着を穿いていないとバレたら、こちらが痴女だと誤解されてしまう。

とにかく不審に思われないよう、落ち着いた行動を心がけねばなるまい。どうせ長い時間、こうして電車に揺られるのだ。スマホでも眺めて時間を潰そうとしたとき、ふと、洋輔はどうしているだろうと考えた。

(やっぱり我慢できなくて、自分でしてるのかも……)

だが、フェラチオをすることは約束済みである。早紀江が埋め合わせをすると告げたから、その先もあるのではないかと期待して、無駄に射精するようなもったいないことはしまい。

もっとも、あれで我慢できるのかしらと訝るほどに、ペニスはガチガチになっていた。

(あれ——?)

不意に、何か大事なことを忘れている気にさせられる。それが何なのかを考えて、早紀江は思わず《あっ!》と声を上げそうになった。

(わたし、脱いだパンツをどうしたかしら?)

慌ててスカートのポケットを探ったが、そこにはなかった。電話が鳴ってリビングへ行ったとき、そちらへ持っていっただろうかと記憶をたぐり寄せたが、そんな覚えはない。

ということは、脱いだあと置きっ放しにしたことになる。だとすれば、きっと洋輔が見つけているだろう。

（じゃあ、洋輔君はあれを——）

脱ぐ前から、秘部はかなり潤っていた。裏地には蜜汁や、いやらしい匂いがたっぷりと染み込んでいるはずである。

そんなものを、昂ぶりにまみれた少年が発見したらどうするのかなんて、考えるまでもない。じっくり観察し、嗅ぎ回るに決まっている。

そして、我慢できずに硬くなったモノをしごくのではないか。

オナニーのオカズを残してきたことを、早紀江は激しく後悔した。洗っていない秘苑を舐められたあとでも、パンティの汚れ具合を調べられるのはたまらなく恥ずかしい。

それでいて、薄物を顔に押しつけた少年が、猛る分身をしごく場面を想像して、たまらなくなったのである。

（洋輔君、わたしのくさいパンツをクンクンして、オチ×チンをこすってるんだわ）

きっとそうだと決めつけて、胸が狂おしく締めつけられる。羞恥に煽られるようにこみ上げる昂ぶりで、からだの中心がムズムズした。

じゅわ——。

新たな蜜が滲み出て、頬が熱く火照る。きっと真っ赤になっていることだろう。他の乗客に見られて怪しまれないよう、早紀江は俯くしかなかった。

しかし、ラブジュースの湧出《ゆうしゅつ》は、簡単には止まりそうにない。

パンティを穿いていないから、溢れたものはスカートの裏地に染み込むであろう。ただ、生地がそれほど厚くないから、外からわかるようなシミになったらと心配になる。

(ダメよ。いやらしいことを考えないで)

次々と浮かぶ妄想を懸命に打ち消しても、完全に抑え込むことは不可能だ。早紀江は膝の上で拳を握りしめ、頭の中から少年の面影や、猛々しく脈打つ牡器官を追い払い続けた。

そうやって、肌に汗が滲むほどの孤独な闘いを続ける。

途中、電車の乗り換えがある。急ぎ足で次の駅へ向かうあいだ、内腿同士がヌルヌルとこすれていることに気がついて、早紀江は泣きたくなった。公の場でこんなにも愛液をこぼしている自分が、ひどく穢らわしく思えた。

ようやく夫の勤務校に到着する。最寄り駅を出たときに電話で連絡をしておいたため、広志は校門のところで待っていた。

「ご苦労様。悪かったね。こんな遠くまで」

ねぎらってくれた夫の笑顔を、早紀江はまともに見られなかった。女芯が未だに濡れっぱなしだったのである。

「はい、これ」

茶封筒を渡すと、彼が「ありがとう」と受け取る。それから、

「顔が赤いけど、熱でもあるのかい？」

心配そうに訊ねられ、ドキッとする。

「あ、ううん。ここまで急いで来たから、ちょっと汗ばんだみたい」

「そうか。ごめんな、無理をさせて」

「ううん、いいの。あなたも部活指導、頑張ってね」

「ありがとう。それじゃ」

広志は右手を挙げて別れを告げると、踵を返して校舎のほうへ戻る。早紀江は彼の後ろ姿を見送ることなく、急いで校門から離れた。罪悪感が募り、少しでも早く夫から離れたかったのである。

そのくせ、帰りの電車の中では、これからのことにあれこれ思いを巡らせ、またも蜜汁をこぼした。

（きっと待ち焦がれているわね、洋輔君）

残されたパンティをオカズにオナニーをし、すっきりしたあとは真面目に筆を握っているのか。それとも、やはり自分で出すのはもったいないと我慢し、悶々として人妻の帰りを待っているのだろうか。

今日はとりあえず、お口で満足させるつもりであった。だが、しとどになって疼く華芯は、逞しい牡を欲しがっている。彼にセックスを求められたら、容易に受け入れてしまいそうだ。

（そうなっても仕方がないわね……）

早紀江は許容モードになっていた。あくまでも求められたらであるが、童貞を卒業させてあげてもいいと。

しかしながら、真面目で純情な少年ゆえ、一日ですべて体験することを望まない可能性もある。段階を踏み、少しずつ経験を重ねることを選びそうだ。

それについては、本人の意志を尊重するしかない。

セックスをしないのなら、改めてクンニリングスを求めればいい。イカせてあげたお返しに気持ちよくしてと、理由はいくらでもつけられる。彼も嫌とは言わないであろう。

(今度は、わたしもイカせてもらうわ)

ノーパンで外出するようないやらしい人間なのだと開き直り、早紀江は洋輔に性の深淵を教える心づもりになっていた。女の絶頂を目の当たりにするのも、童貞の彼には勉強になるはずだ。

少年の欲望を受け入れようと決心し、かえって気が楽になる。おかげで、駅を出て家に着くまでのあいだ、足取りはかなり軽かった。行きの電車内で思い悩み、自らを責めていたのが嘘のように。

自宅のドアを開けようとしたところで、早紀江は閃いた。

(こっそり入って、驚かしたら面白いかも)

帰りを待ちきれずに、彼はたった今もオナニーの真っ最中かもしれない。そんなところを見つかったら、恥ずかしさのあまり涙をこぼすのではないか。

いたいけな泣き顔を思い浮かべ、鳩尾のあたりがゾワゾワする。早紀江は音をたてぬようドアを開け、玄関の中に身をすべり込ませた。

「あぁン」

突如聞こえた色めいた声に、心臓がバクンと高鳴る。

(え、なに!?)

その声は、明らかに女性のものだった。

あるいは時間を持て余した洋輔がテレビを視ており、ちょうどベッドシーンの場面に差し掛かったのか。思ったものの、やむことなく聞こえてくる喘ぎ声と息づかいは、やけに生々しかった。

(どういうことなの?)

猛る肉根を持て余し、洋輔がそこらの女を引っ張り込んだとでもいうのか。いや、彼にそんな真似ができるはずがない。

早紀江は靴を脱ぎ、足音を忍ばせて廊下を進んだ。

「あ、あっ、ンうぅ」

切なげな声が高まる。それは習字教室に使用している和室から聞こえた。

つまり、テレビの音声ではない。

(洋輔君じゃないわよね……)

オナニーで感じて、よがっているのか。だが、まだ幼い風貌ではあるものの、ここまで高い声が出せるとは思えない。

では、いったい和室の中で、何が行われているのか。

確かめたかったが、見るのが怖い。絶望的な場面を突きつけられる気がして、早紀江はすっかり臆していた。それでも、何もせずに逃げるなんてできない。そもそもここは、自分の家なのだ。

とりあえず気づかれぬように、様子を窺うのが先決だろう。廊下からだと、和室へ入るにはドアを開けることになる。それだとこっそり覗くのは難しい。

早紀江はリビングに入った。そちらと和室の境は引き戸だから、隙間をこしらえて中を見ることができる。

「ああん。オチ×チン、すごく硬いわ」

あられもない台詞が和室の中から聞こえたのは、早紀江が今まさに手を引き戸にかけようとしたときであった。

(え!?)

驚いて、全身が強ばる。続いて、低い呻き声がしたものだから、全身がカッと熱くなった。

(今のは洋輔君だわ)

間違いなく、彼は中にいる。そして、一緒にいる女が誰なのかも、ようやくわかった。

けれどそれは、とても信じ難いことであった。

早紀江は引き戸をそろそろと動かした。一センチほどの隙間ができたところで、そこに目を近づける。

（あ――）

室内の光景に、洩れかけた声を呑み込む。それは半ば想像どおりのものだったものの、絶望と悲しみがとめどなく押し寄せてきた。

（嘘……どうして――）

夢であってほしいと願うものの、これは紛れもなく現実だ。

畳の上に、洋輔が仰向けで寝ている。下半身に何も身に着けていないのは、早紀江が出かける前と一緒だった。

彼の裸の腰には、同じく下を脱いだ女が跨がっていた。ぷりっとして弾力に富んだおしりを、リズミカルに振りながら。

彼女は早紀江がいるほうに背中を向けていたため、顔は見えない。けれど、誰なのかは一目瞭然だ。

隣の若妻、真智だったのである。

もともと洋輔を紹介してくれたのは彼女だ。夫の姉の子供だから、血の繋がりはなくても、叔母と甥の間柄になる。

なのに、どうしてこんなことをしているのか。

ぷりぷりとはずむ若尻の下に、キュッと持ちあがった陰嚢が見える。ペニスは女体にはまっているのだ。

「あ、あん、洋輔ってば元気ぃ」

陽気な真智とは対照的に、聞こえてくる少年の呻き声はくぐもっていた。彼女の陰になって顔は見えないが、だらしないところを叔母に見せたくなくて、懸命に声を圧し殺しているのか。

それでも、高まる悦びに抗えないでいるのは、両膝が休みなく曲げ伸ばしされているところからも明らかだ。

(イキそうなんだわ、洋輔君)

童貞ペニスを膣に迎え入れられ、初めての快感に酔いしれているのだ。

いや、早紀江が出かけたあと、すぐに真智が来たのだとすれば、これは二度目、三度目の交わりとも考えられる。純潔を奪われ、さらに女体のよさをみっちり教え込まれているのではないか。

というより、そもそも洋輔が未経験だったという確たる証拠はないのだ。

(このふたり、前々からこういう関係だったんじゃないかしら)

ブラコンの真智は、さすがに実の弟には手を出せず、いたいけな甥っ子を誘惑したのではないか。早紀江の習字教室に入るよう勧めたのも、自分の近くに来させるためだった可能性がある。

そう言えば、洋輔のクンニリングスは、とても初めてとは思えないほど気持ちよかった。これまで叔母相手に何度も実践を積み、女の感じさせ方を心得ていたとも考えられる。

そんなことは夢にも思わず、彼を純真なチェリーだと決めつけて、夢中になっていたというのか。

なんて愚かで滑稽なのかと、自己嫌悪に陥る。それでいて、和室で繰り広げられる痴態から、早紀江は目を離せずにいた。

(いやらしすぎるわ……)

自分自身、セックスなら数え切れない回数をこなしたし、夫を裏切って卓也と洋輔も弄んだ。

そうやって淫らな行為に溺れておきながら、他人の交わりは殊のほか卑猥に映る。騎乗位をしたことも一度や二度ではないのに、自身がこんなふうに腰を振っていたとはとても信じられなかった。

おまけに、巧みな尻振りで十代の少年を身悶えさせているのは、普段から交流のある隣人であり、友人なのである。

(真智さんってば、あんなに激しく——)

夫が不在にすることが多いため、愛の行為に飢えていたのか。だから年端もいかない甥っ子を、オモチャにしているのかもしれない。

だとしても、彼女を責める資格など、早紀江にはなかった。

(わたしも同じなんだわ)

欲望に負けて、年下の男の子たちに性の手ほどきをした。卓也の場合は悩みを解決するという名目があったけれど、洋輔については若い牡の青くささと、硬いペニスに魅せられただけなのである。

とは言え、そのことを深く恥じ入ったわけではない。煽情的な見世物に煽られて、早紀江は劣情の炎を燃えあがらせていたのだ。

一方で、後悔にも苛まれる。

(惜しいことをしたわ。せっかくのチャンスだったのに)

やはり洋輔は、今日この家に来るまで童貞だったのではないか。真智に純潔を奪われたばかりだとしたら、その前に焦らすことなく体験させてあげればよかったのである。

悔しさを嚙み締めつつ、友人とその甥のセックスを覗く。恥割れはいつしか新鮮な愛液を溢れさせ、潤いを取り戻していた。

早紀江は無意識にスカートをたくし上げ、何も邪魔するもののない女芯に指を這わせた。

「あ……」

声が洩れ、熟れ腰がピクンとわななく。

（すごいわ……ヌルヌル）

指に絡む粘液を用いて、敏感な尖りをこする。声を出さぬよう唇を引き結んでいたため、鼻息をせわしなくこぼしながら。

秘核刺激ではもの足りなく、早紀江は指を蜜穴へと沈ませた。

「くうう」

深い快さが体幹を伝い、堪え切れず呻いてしまう。交歓に夢中のふたりには聞こえなかったようだ。

それをいいことに、指を小刻みに出し挿れする。

（あん、感じる）

これが洋輔のペニスだったらと想像し、悦びがいっそう高まる。太さも長さもまったく足りなくても、歓喜に身をよじる本人を覗き見ることで、容易に感覚を共有できた。

（ほら、洋輔君、気持ちいいでしょ。わたしのオマ×コ——）

卑猥な言葉を心の中でつぶやき、気分を高める。真智の腰づかいと指の動きをシンクロさせ、早紀江は悦楽の階段をのぼった。

そのとき、

「お、叔母さん、もう出そうです」

洋輔が切羽詰まった声音で訴える。すると、真智が不機嫌そうに返した。

「また叔母さんなんて言う。お姉さんでしょ」

ふたりの関係を正しく表した呼び方が、彼女は不満なようだ。

「お姉さん……僕、もう」

素直に言い替えた少年に、真智は機嫌を直したらしい。

「いいわよ。出しなさい。白いのをピュッピュッて、いっぱい飛ばすのよ」

「うう、い、いいの？」

「ほらほら、早くイッて」

「あああ、だ、駄目……いく、出るぅ」

絶頂を口にした洋輔が、全身をガクガクと躍らせる。その上で、若妻は休みなく尻を前後に振り続けた。

(え、中に?)

早紀江は驚愕した。彼女は牡のほとばしりを、膣奥に浴びたらしい。

もしかしたら、あらかじめゴムを装着したのか。しかし、射精を促した真智の口振りには、そんな感じは少しも窺えなかった。

だとすれば、安全日なのであろう。しかし、百パーセント妊娠しないなんてことはあり得ない。もしもできてしまったら、どうするつもりなのか。

他人事ながら心配になったものの、気がつけば早紀江も頂上が迫っていた。指ピストンを続けたままだったのだ。

(あ、イク)

からだの奥で火花が散り、息が荒ぶる。膝が笑い、立っていられなくなった。

「む――くうう、うっ……はぁ」

脱力し、その場に坐り込む。肩で息をする早紀江は、引き戸の隙間から顔を離さざるを得なくなった。

そのため、真智がこちらへ足を進めていたことに気がつかなかった。

バンッ——。

引き戸が勢いよく開けられ、反対側の柱に当たって大きな音をたてる。

「え？」

驚いて顔をあげた早紀江が目にしたのは、ナマ白い下腹に菱形を描く縮れ毛であった。それが友人である若妻の陰毛だと気がつくのに、数秒の時間を要した。

「何をしているの？」

含み笑いの声に、視線を上に向ける。目を細めた童顔が、得意げにこちらを見おろしていた。

「覗きなんて、いい趣味とは言えないわね」

そう言い放った真智は、裸の下半身を隠そうともせず堂々としている。そのため、早紀江のほうが居たたまれなくなった。

4

和室に入ると、畳にぐったりと仰向けになっていた洋輔が、早紀江に気がついて狼狽する。

「あ——」

焦って起きあがり、シャツの裾で股間を隠した。

「そんなに慌てなくてもいいのに」

余裕たっぷりで告げた真智に、早紀江は苛立ちを覚えた。覗きを見つかって畏縮していたものの、よくよく考えたら他人の家で、甥っ子とセックスをしていた彼女にだって非があるのだ。

「どういうつもりなの?」

思わず訊ねてしまうと、真智がきょとんとした顔を見せた。

「え、どういうつもりって?」

「洋輔君は、真智さんの甥でしょ? なのに、あんなことを——」

悔しさを滲ませて責めると、彼女は悪びれもせず肩をすくめた。

「だって、洋輔が可哀想だったんだもの」

「え、可哀想？」

「習字の練習を真面目にやってるのかなって、わたしがこっそり覗いたら、オナニーをしてたのよ」

真智も自分と同じように、音をたてないよう忍び込んだらしい。勝手知ったる他人の家ということで。

(ひょっとしたら、わたしが出かけるところを見かけて、洋輔君がひとりでいるってわかったのかもしれないわ)

そして、孤独な快楽にひたっていたところを、叔母に見つかったわけである。

彼が自慰に耽っていたのは、予想どおりであった。昂奮させられた挙げ句おあずけを喰らい、やはり射精しなければおさまりがつかなくなっていたのだ。

それを見て、真智が憐憫を覚えたのはまだわかる。しかし、からだを与えるのは明らかにやりすぎだ。

「だからって、セックスしなくてもいいんじゃないの？」

憤慨を隠せずにクレームをつけると、若妻は怪訝な面持ちで眉をひそめた。

「セックスなんてしてないけど」

「だって、洋輔君に跨がって、おしりを振ってたじゃない」

「ああ、あれ」

真智はにんまりと口角を持ちあげた。しょげて俯く甥っ子の前に膝をつき、シャツの裾を摑む。容赦なく、お腹が見えるところまでめくり上げた。

「だ、駄目」

洋輔は咄嗟に抵抗したものの、「じっとしてなさい」と叱られ、動けなくなった。

(え?)

早紀江は目を瞠った。少年の腹部に、体液の飛び散った痕跡があったのだ。

「洋輔のオチ×チン、わたしのおま×こに入ってないわよ。わたしはオチ×チンにおま×こをこすりつけて、気持ちよくしてあげてたの」

要は素股ということか。真智は上半身を真っ直ぐ起こしていたために結合部が見えず、交わっていると思い込んだのである。

「い、いくら挿入してないからって、そこまで面倒を見る必要があるの?」

うろたえ気味に反論しても、彼女は涼しい顔つきのままだった。

「面倒を見たっていうか、尻拭いみたいなものよね」

「え？」

「早紀江さん、わからない？　洋輔が何を持っているのか」

言われて、彼の右手に視線を向けるなり、頬がカッと火照る。そこにはピンク色の薄布が握られていたのだ。

間違いなく、自分が脱いだパンティだ。

「早紀江さんのパンツでしょ？　洋輔はそれをクンクンしながら、オチ×チンをしごいてたのよ」

真智の言葉が虚ろに響く。自分がしたことを彼女に知られたのだとわかり、早紀江は頭もからだもフリーズしていた。

「まあ、しょうがないわよね。色っぽい人妻の脱ぎたてパンツがあったら、シコシコしたくなるのも当然だわ。おまけに、フェラしてくれるって言ったのに、ちょっと舐めただけで出かけちゃうんだもの」

やはりすべてバレているのだ。洋輔が自分からペラペラしゃべるとは思えないから、真智が訊き出したのだろう。

おそらく、甘美な責め苦で意のままに操って。

「わ、わたしは——」

ようやく口が開いたものの、言葉が出てこない。すると、若妻があきれたふうに肩をすくめた。

「早紀江さん、今はノーパンなのよね。旦那さんの勤め先に行ってきたみたいだけど、パンツを穿かないで歩き回って、電車にも乗ったんでしょ？　すごいわね。わたし、そんな恥ずかしいこと、絶対にできないわ」

普段から露出狂じみた行動をしているように言われ、悔し涙が滲む。だが、反論できる状況ではなかった。

黙りこくっていると、真智が真顔になる。

「ひょっとして、卓也にもいやらしいことをしたの？」

否定すべきなのであろうが、早紀江は口をつぐんだままだった。誤魔化しても見透かされる気がしたし、何を言っても墓穴を掘りそうだった。

幸いなことに、真智はそれ以上追及することはなかった。ただ、洋輔は戸惑いを浮かべており、ふたりの人妻を交互に見る。前にも何かあったのかと、疑念が浮かんでいるようであった。

「まあ、卓也は立ち直ったからいいんだけど、べつにこんなことを期待して、洋輔を紹介したわけじゃないのよ」

「……ごめんなさい」

堪え切れなくなり、早紀江は謝った。甥っ子が道を踏み外さないようにと心配して、真智は自分に託したのである。その期待を裏切ったのだ。

ところが、彼女がクスッと笑みをこぼしたものだから面喰らう。

「ああ、べつにいいの。わたしは怒ってるわけじゃないんだから」

「え？」

「何も知らずに悪い女に引っかかるよりは、ちゃんと経験していたほうがいいに決まってるもの。その場合、経験豊富な年上から導いてもらうっていうのが、やっぱり理想よね」

「あの、それじゃ……」

「だからって、わたしが相手をするのはちょっとアレじゃない。できれば身内よりは、後腐れがない相手としてもらいたいわ」

思わせぶりな面差しに、早紀江は混乱した。

（それじゃ、最初からわたしに、洋輔君を誘惑させるつもりだったの？）

そのために彼を習字教室に入れたのだとしたら、お隣の若妻の策略にまんまとはまったことになる。

（ううん。まさかそんな――）

さすがに考えすぎかと、早紀江は浮かんだ想像を打ち消した。

だが、実は卓也から、すべて聞かされていたとしたらどうだろう。仲のいい姉弟のようであるし、あのときの顚末が伝わっていたのなら、甥っ子に性の手ほどきをしてくれればと期待してもおかしくない。

実際、真智は弟の童貞を奪ってくれとまで言ったのだ。どこまで本気だったのかは定かでないけれど。

（わたしが卓也君に手を出したものだから、年下の男の子に弱いって決めつけたのかしら）

だとすれば、ますます居たたまれない。

「さて、と」

真智が洋輔に向き直る。シャツのボタンに手をかけ、

「ほら、脱いで」

と、促した。

「あ、うん……」

上半身の衣類も奪われ、少年が素っ裸になる。華奢で色白のヌードに、早紀江

はときめきを禁じ得なかった。

「さ、ここに寝て」

彼を再び仰向けにさせると、若妻が腹部に顔を伏せる。直後に、チュッと小さな吸い音が聞こえた。舌も這わせて、飛び散った生乾きのザーメンを舐め取っているらしい。

しかも、うずくまった姿勢で、早紀江にくりんと丸いおしりを向けて。

(やだ、ちょっと……)

目のやり場に困る。臀裂がぱっくりと割れて、淡い褐色に染められたアヌスばかりか、秘めやかな園もまる見えだったのだ。

同性のものなのに、妙に惹かれてしまう。前にここで、彼女のパンチラにドキドキさせられたのと一緒だ。同性愛の嗜好などないというのに。

気がつけば、早紀江は真智の恥ずかしい部分を凝視していた。

彼女の秘毛は淡く、ぷっくりした大陰唇には疎らにしか生えていない。おかげで、恥割れからはみ出した花弁の佇まいがよく見えた。それから、合わせ目が濡れているところも。

(真智さんも昂奮してるんだわ)

さっき、その部分で若い男根をこすり、射精に導いたのである。そのときは、もっとしとどになっていたのではないか。何しろ、本当にセックスをしていると思い込んだぐらいに、腰づかいが淫らだったから。

「あうう」

洋輔が呻き、腰を浮かせる。真智の頭は、彼の股間の真上にあった。

(オチ×チンを舐めているんだわ)

ちゅぱちゅぱと、アイスキャンディをしゃぶるような音が聞こえる。早紀江が出かけたあとにも同じ施しをして、すべてを白状させたのかもしれない。

その推察が事実であったことが、程なく証明される。

「ほら、さっきみたいに膝を抱えて」

叔母である若妻に命じられ、洋輔が寝転がったまま両膝の裏に手を回す。M字のかたちに脚を開き、陰部を大胆に晒した。

もっとも、真智の頭が邪魔して、早紀江には見えなかった。

「ふふ。キンタマがこんなに持ちあがってるわ」

はしたない言葉を口にしたのに続き、舌づかいの音が小さく聞こえる。

「むうう、う、むふぅ」

身をよじる少年は、気持ちいいというよりくすぐったそうだ。おそらく陰嚢に舌を這わされているのだろう。

続いて、真智がヒップを高く掲げ、頭を畳の近くまで下げる。

「ああ、お、お姉さん」

少年の顔が申し訳なさそうに歪んだ。どうやら肛門も舐められているらしい。

(真智さんってば、そんなところまで)

羞恥帯をあらわにした恰好で、甥っ子に淫靡な奉仕をする友人から、早紀江は目が離せなかった。

ノーパンの秘苑は温かな蜜をこぼし、一帯が蒸れてじっとりと湿る。口淫愛撫のいやらしさに昂ぶっているのか、それとも同性の性器や秘肛に魅せられているのか、自分でもよくわからなかった。

「ふう」

真智がひと息ついて顔をあげる。

「オチ×チン、ギンギンになったわね。脚を下ろしていいわよ」

言われて、洋輔が膝の手を離す。若妻が彼の横に移動したことで、反り返る若茎が早紀江の視界に入った。

（こんなに勃って……）

筋張った筒肉に、血管が浮かんでいる。亀頭は赤みが著しく、今にもはじけそうにふくらんでいた。

下腹にへばりつく牡器官を、真智が握って上向きにする。再び顔を伏せ、躊躇なく深々と咥えた。

「あああっ」

少年の裸身がガクガクと波打つ。足の指が握り込まれ、得ている快さをあからさまにした。

「ン……んふ」

真智が頭を上下させて、強ばりきったペニスを熱心にしゃぶる。年上の友人に横顔を向けて。

他人のフェラ顔など、目にするのは初めてだ。もちろん自分のものだって見たことはないけれど。

（いやらしすぎるわ、こんなの）

まだあどけない横顔と、生々しい肉器官とのコントラストが痛々しい。それでいて、こんなにも惹かれるのはなぜだろう。

屹立を口に入れたまま、若妻はキュッと縮こまった玉袋も揉み撫でた。

「ああ、あ、駄目」

早くも果てそうになったようで、洋輔が切羽詰まった声をあげる。それを聞いて、真智は秘茎を解放した。

だが、陰嚢の手はそのままだ。

「キンタマが大きいわ。あんなに出したのに、まだ精子がいっぱい残ってるみたいね」

牡の急所をモミモミし、若い牡を悶えさせる。

「うう、お、お姉さん」

彼の表情に怯えが浮かんでいるのは、握りつぶされるのではないかと心配なのだろう。

「まだ若いんだから、こうでなくっちゃね。これからいっぱい射精してもらうんだもの」

真智は早紀江を振り仰ぐと、愉しげに目を細めた。

「じゃあ、次は早紀江さんがする番ね」

言われて、心臓が不穏な高鳴りを示す。

「わ、わたし?」

思わずコクッとナマ唾を呑んだのは、真智のフェラチオを見て、自分も逞しいモノをしゃぶりたくなったからに他ならない。しかし、彼女が求めたのは、そんなことではなかった。

「お蒲団、あるんだよね。ここに敷いて」

「え、どうして?」

「始めたことは、ちゃんと最後までやりとおしてもらわなくっちゃ」

唾液に濡れたペニスを握り、真智が挑発的に見つめてくる。

「最後までって……」

「洋輔を男にしてあげて」

きっぱりと告げられる。セックスをして、童貞を奪えということだと、すぐにわかった。

「わ、わたし、そんな——」

「嫌だなんて言わせないわよ」

強い口調で脅され、早紀江は逆らえなかった。と言うより、自身もそうしたい気分が高まっていたのである。

第四章　熟れ妻の筆下ろし

1

蒲団を敷いてシーツも整えたところで、服をすべて脱ぐように真智から命じられた。

「洋輔だって全部脱いだんだし、早紀江さんも裸にならなくちゃフェアじゃないでしょ」

その言い分に納得したわけではないのに、我が身をさらけ出すことにしたのは、記念すべき童貞卒業の場面だからである。ここは女体のすべてを見せてあげるべきだと思ったのだ。

蒲団に正座した洋輔が見守る前で、一枚一枚、着ているものを脱いでゆく。肌があらわになるにつれ、彼の目が大きく見開かれた。

(ちょっと、見すぎじゃない?)

あきれたものの、悪い気はしない。そこまで注目してくれるのならと、サービスしたくなった。

ベージュのブラジャーのホックをはずす。カップがはずれると、乳房がたふんと揺れて現れた。

「ああ……」

感嘆の声が聞こえる。洋輔がうっとりした面持ちをこちらに向けていたものだから、早紀江はふくらみを両手で捧げ持ち、差し出すようにした。

すると、彼がおびき寄せられるみたいに前のめりになる。

(やっぱり男の子ね。おっぱいが好きなんだわ)

もっとも、注目したのは少年だけではなかった。

「早紀江さん、けっこうおっぱいが大きいのね」

蒲団の脇にいた真智が、つぶやくように言う。どこか羨ましそうでもあった。

彼女は薄着のときも胸のふくらみが目立たなかったから、貧乳がコンプレックスなのかもしれない。だから今も上を脱がないのではないか。

（ていうか、本当にずっといるつもりなのかしら……）

洋輔が初体験を無事に終えられるかどうか、彼女は保護者代わりとして見届けると主張し、ここに残っているのである。下半身を露出したままで。

甥っ子のことを心配してというスタンスながら、実は単なる興味本位なのではないか。早紀江は正直なところ訝っていた。

何しろ、自慰に耽っていた洋輔が可哀想だからという理由で、素股をして射精に導いたぐらいなのだから。

（真智さんも、けっこういやらしいひとだったんだわ）

とは言え、夫がいないときに未成年の少年を弄んだことを、彼女に知られてしまったのである。今や共犯に等しいものの、弱みを握られたも同然だ。余計なことを口にするのは得策ではない。

とにかく、ここは洋輔を男にしてあげるべきである。それについては、早紀江にも異存はなかった。

パンティを穿いていないから、最後の一枚はスカートになる。早紀江は回れ右をして、ふたりに背中を向けた。たわわなヒップを突き出すようにして、そろそろと剝きおろす。

(あん、恥ずかしい)

ナマ尻を露出した途端、羞恥に身が震える。無防備なポーズだったし、秘められた園もまる見えではないか。

けれど、いざ素っ裸になれば、開放的な気分であった。洋輔も同じく一糸まとわぬ姿なのであり、恥ずかしがる必要はない。

早紀江は回れ右をして、蒲団に足を進めた。

「洋輔、早紀江さんのハダカはどう?」

真智の問いかけに、少年は目の前に立った全裸の人妻を見あげ、

「……綺麗です」

陶酔のつぶやきを口にした。

「あら、ありがとう」

早紀江はにこやかに礼を述べた。称賛されたことで、気持ちに余裕が生まれたのである。

しかし、もうひとりの人妻が、この場の主導権を取りたがった。

「早紀江さん、お蒲団に寝て」

真智が何かを企むみたいに、目を輝かせる。

「う、うん」

戸惑いながらも、早紀江は従った。こちらが年上でも、逆らえない雰囲気が醸成されていた。

シーツに寝そべり、ふたりから覗き込まれると、また羞恥がぶり返す。少なからず不安も覚えたのは、俎上の魚にも等しい状況だったからだ。

「洋輔は、早紀江さんのおま×こは舐めたけど、おっぱいはまだよね」

若妻が得意げに言う。やはりすべて白状させていたのだ。

「う、うん」

「だったら、好きなように揉んで、吸ってあげなさい」

命じられるまでもなく、そうするつもりだったのだろう。洋輔は即座に手をのばし、左右のふくらみを同時に鷲掴みにした。

ふにゅん――。

仰向けでも型崩れせず、ドーム型を保っていた乳房が、喰い込んだ指によってひしゃげる。

「あん」

早紀江が思わず声を洩らすと、彼はすぐに手を離した。

「あ、ごめんなさい」

謝ったのは、力が強すぎて痛くしたと思ったからだろう。だが、少しもそんなことはなくて、むしろ悩ましい疼きと、快さも覚えたのだ。

「ううん、だいじょうぶよ」

ほほ笑んで告げると、少年が安堵を浮かべる。愛しさが募り、早紀江は両手を彼に向かって差し出した。

「いらっしゃい」

怖ず怖ずと身を屈めた洋輔をかき抱き、顔を胸に埋めさせる。

「むぅ」

抗う素振りを示したものの、それはほんの刹那だった。乳肉の柔らかさと心地よい窒息感が、彼を虜にしたのだろう。女体に甘え、額や頬をこすりつける。

そして、ワイン色の乳頭を口に含んだ。

「くぅん」

甘い電流が生じて、色めいた声が自然とこぼれる。今度は快感を与えられたとわかったらしく、洋輔は尖りを吸いたてた。

（やん、気持ちいい）

ムズムズする快さに、背中が浮きあがった。

「い、いけない子ね。赤ちゃんみたいに」

たしなめる声も、募る悦びで震えてしまう。舌も動かされて、早紀江は喘がずにいられなかった。

「あ……あふ、ううう」

夫婦生活がご無沙汰だったため、おっぱいを吸われるのも久しぶりだ。そのためか、これまでになく感じてしまう。

（ど、どうしてこんなに……）

舌で転がされる乳首が、ピリピリと甘く痺れる。それが下半身にも伝わり、秘苑が新たな蜜を潤ませるのがわかった。

「早紀江さんのおっぱい、美味しい？」

真智の問いかけに、洋輔は顔を伏せたまま「むう」とうなずいた。

「ほら、もう一方の乳首も、指でいじってあげて」

言われるままに、彼の手が空いていたほうの突起を摘まむ。そちらも圧迫されることで、愉悦が二倍、いや、三倍にまでふくれあがった。

「ああ、あっ、いやぁ」

尻が自然とくねる。爪先でも引っ掻いて、せっかく整えたシーツをしわくちゃにした。

「すごく感じてるみたいね」

若妻の声に続いて、秘められたところに何かが触れる。

「あひッ」

鋭い快美が生じて、腰がガクンとはずんだ。

「おま×こが熱いわ。それにヌルヌル」

卑猥な報告に、真智がそこをさわっているのだとわかった。それも、ただ確認するというふうではなく、敏感なところを狙って指を蠢かせたのである。

(え、どうして?)

早紀江は驚き、狼狽した。彼女はもともと明るくて物怖じしない性格であり、甥っ子を射精に導くなど奔放であることもわかった。

だからと言って、同性まで愛撫するとは予想外であった。

される立場としては、当然ながら抵抗がある。ところが、同じ女ゆえに、責めるポイントと加減がわかるのだろう。快感が否応なく高まって、いつしか相手が同性でもかまわなくなった。

「イヤイヤ、そ、そこぉ」

早紀江が嬌声をほとばしらせると、自分が感じさせていると勘違いしたらしい。洋輔の舌づかいもねちっこくなる。

結局、ふたりがかりで感じさせられることとなった。

(ああん、こんなの初めて)

これまで3Pなどしたことがないのだ。当然と言えば当然である。

「おおおっ」

細くて硬いものが体内に侵入し、深い悦びで喘ぐ声も低くなる。真智の指だとわかった。

「中がすごく熱くなってるわ」

若妻が指を抽送する。粘っこい蜜が溜まった洞窟をクチュクチュとかき回され、からだの奥に電気が走った。

「ダメダメ、い、いやぁああ」

「あ、オチ×チンを挿れたら、ここのツブツブがきっと気持ちいいわね。洋輔だったら、すぐにイッちゃうかも」

あられもないレポートに、さすがに何かがおかしいと悟ったらしい。洋輔が乳頭から口をはずし、顔をあげる。

「あっ」

早紀江の下半身を振り返り、驚きをあらわにした。女同士の戯れに衝撃を受けたのだろう。

「洋輔がオチ×チンを挿れやすいように、準備してるのよ」

そんな弁明を本気にしたわけではあるまいが、そそられる光景だったのは確からしい。股間の若茎が反り返り、下腹を叩くのが見えた。

「ま、真智さん、もうやめて」

訴えても、彼女は指ピストンを中止しなかった。

「洋輔もさっきイッたんだし、早紀江さんも気持ちよくなりなさい」

「わ、わたしはいいの……あああッ、そ、それいいっ」

軽く曲げた指が膣の天井を強くこすり、早紀江はたまらず身をよじった。肉体の芯のところで歓喜が広がったのだ。

「わたしはおま×この中をこするから、洋輔はクリちゃんを舐めてあげて」

「あ、うん」

少年がからだの向きを変え、女体の中心に顔を埋める。秘核を包皮ごと吸いたてられ、裸身が意志とは関係なく波打った。

「くううう、だ、ダメだってばぁ」

早紀江はよがり、息を荒ぶらせた。

ふたりがかりでも、強い力で押さえ込まれていたわけではない。逃げようと思えば逃げられた。

なのにそうしなかったのは、恥芯を指で串刺しにされていたためなのか。いや、強烈な快楽の虜になっていたために、からだが言うことを聞かなかったのだ。

(すごすぎるわ、こんなの……)

夫婦の営みでもちゃんと感じたし、毎回ではなかったものの、オルガスムスにも至った。性の歓びをとっくに知った気でいたものの、あれはほんの序の口だったのだと今はわかる。

(わたし、どうなるの?)

このまま昇りつめるのが怖い。自分のからだなのに、自分のものではない感覚がある。早紀江は初めてイクことに恐怖を覚えた。

しかし、もはや折り返すことは不可能だ。

「あああ、い、イク」

ハッハッと息をはずませ、下腹を忙しく上下させる。意識してそうしているわけではなく、膣が勝手に収斂しているようだ。

「あ、あ、すごい。中が動いてる」

真智が驚嘆の声音で報告する。それを聞いた直後に、頭の中が真っ白になった。

「イヤイヤイヤ、い——イク、イクイク、イッちゃうぅうううっ！」

あられもなく声を張りあげ、喜悦の頂上へと駆けあがる。いつもの極みよりも、さらにずっと高いところまで。

どれほど激しく乱れたのか、早紀江はまったくわからなかった。ほとんど前後不覚であったのだ。

我に返ったのは、高みから地上に戻ってからである。

「くは——ハッ、はふ」

なかなかおとなしくならない呼吸を持て余し、肌のあちこちを細かく痙攣させる。そこに至っても、真智の指はまだ蜜穴にはまったままで、小刻みに動かされていた。

そのせいで、なかなか快感が引かなかった。

「も、もうやめて」

声を詰まらせ気味に懇願すると、ようやく抜いてもらえる。指が膣口からはずれる瞬間、駄目押しの快さが生じて、腰がビクンと震えた。

「くはあ……」

ようやくひと心地がついて、シーツの上に手足をのばす。何をするのも億劫なほどの、疲労と倦怠感にまみれていた。

そのため、ほんの短い時間、まどろんでしまったようである。

2

「そうよ、そ、そこ……ああん」

目を覚ますなり、色めいた声が耳に飛び込んできた。

(……え?)

視界にあるのは、和室の天井のみである。自分が置かれた状況を見失い、茫然と板の木目を眺めていると、

「いい、いい、もっとぉ」

と、またもよがり声が響く。それでようやく現実感を取り戻し、早紀江は顔を横に向けた。

（あっ！）

信じ難い光景に、心臓がバクンと音をたてる。畳に仰向けた全裸の洋輔の上に、下半身のみを脱いだ真智が逆向きで重なっていた。

ピチャ……チュウッ——。

吸いねぶる音がかすかに聞こえる。童貞少年が、叔母である若妻の秘苑に口をつけ、奉仕しているのだ。

「そ、そうよ。クリちゃん吸ってぇ」

丸いヒップを震わせて、真智が甥っ子にはしたないおねだりをする。

彼女も若いペニスを握っているが、特に愛撫はしていない。ヘタに射精させたら、このあとの初体験に差し支えるからだろう。

そこまで考えて、自分たちが何をするつもりだったのかを思い出す。

（だけど、どうして真智さんが？）

洋輔にクンニリングスをさせる理由がわからない。もしかしたら、友人に童貞を奪わせるのが惜しくなり、自らからだを与えるつもりなのか。

叔母と甥でも血の繋がりはないのだし、反対する理由はない。だが、純情な少年の、初めての女になれる機会を逸するのは、正直残念であった。

(今さら横取りしなくても……)

不満を覚えたとき、視線を感じたか真智がこちらを向く。

「ああ、起きたのね」

悪びれもせず笑顔を見せ、また「あふぅ」と喘いだ。

「早紀江さん、洋輔にきっちり仕込んだみたいね。あん……く、クンニがすごく上手なのよ」

根拠もなく決めつけられ、頬が熱くなる。彼が勝手に舐めただけで、仕込んだわけではないのだ。

(それじゃあ、天賦の才能があったのね)

あるいは、童貞なりに初体験を夢見て、そのときに女性を感じさせられるよう、あれこれ勉強したのかもしれない。頭のいい子だから、事前学習が実を結んだのではないか。

「だけど、どうしてそんなことをさせてるの?」

のろのろと身を起こしながら訊ねると、真智が息をはずませながら答える。

「だって、洋輔も早紀江さんもイッたけど、わたしは気持ちよくしてもらってないんだもの。それって不公平じゃない」

要は、派手に昇りつめた隣の人妻を目にして、自分も快感がほしくなったのだろう。甥っ子と交わるつもりではなさそうだ。

「ちょっと待っててね。もうすぐイケそうだから」

などと言いながら、彼女は心ゆくまで口淫愛撫を堪能するつもりらしい。上半身を起こし、ヒップの位置をずらすと、

「洋輔、おしりの穴も舐めて」

と、いっそう大胆なことを命じたのである。さっき、少年に同じことをしてあげたから、お返しを求めたのか。

(え、そんなところまで?)

早紀江は驚いたが、洋輔はためらうことなく従った。

「ああん、そ、そこもいいっ」

甥っ子に肛門を舐められて、真智があられもなくよがる。臀部の筋肉が、ギュッ、ギュッといく度も強ばった。

(おしりの穴を舐められて、気持ちいいのかしら)

疑問だったものの、彼女は明らかに感じている。

早紀江はアヌスを舐められたことはもちろん、愛撫されたこともない。そもそも不浄の部分ゆえ抵抗があるから、してもらおうとも思わなかった。

けれど、そんなにいいのなら体験してみたいと、気持ちが傾く。

（わたしも、真智さんのだったら舐められるかも）

ふとそんなことを考えたのは、さっき、うずくまって洋輔の陰部に口をつけた彼女の、可憐な秘肛に魅せられたからだ。整った放射状のシワは尖らせた唇みたいで、舐めたら気持ちよさげにすぼまるのではないか。

そんなところを想像したら、たまらなくなってきた。

（何だか、どんどんいやらしい女になっていくみたい）

若い男の子を弄んだことで、自分の中で何かが変化したようだ。いっそ、新たな感情が芽生えたと言うべきか。

「も、もういいわ」

あくまでも気分を高めるためで、長くアナル舐めをさせるつもりはなかったらしい。真智が再び上体を前に倒した。

「クリちゃんを吸って。も、もうすぐイクから」

洋輔が秘核をねぶりだすと、彼女は切なげに身をくねらせた。

「あああ、いい、気持ちいい」

悦びをストレートに訴え、上昇していく。本当に絶頂が近いようだ。

乱れる姿を、横から見物しているだけではもの足りない。早紀江は真智の背後に移動した。

(あん、まる見え)

恥割れが濡れてほころび、はみ出した花弁も腫れぼったくふくらんでいる。狭間に覗く粘膜は、赤みが強くなっているようだ。

すぐ真上には、唾液を塗られたアヌスがある。敏感な尖りを吸いねぶられ、歓喜にヒクつく姿が、愛らしくもいやらしい。

そのため、無性にイタズラしたくなった。

さっきはふたりから責められ、昇りつめたのである。だったら、今度は自分にも参加する資格があるはずだ。

早紀江は人差し指を口に入れ、唾液をたっぷりとまといつけた。その先を可憐なツボミへと差しのべ、くすぐるようにこする。

「くぅううーン」

真智が仔犬みたいに啼き、まん丸ヒップをくねくねさせた。

「いやぁ、お、おしりぃ」

せわしなくすぼまるそこが、指先を呑み込みそうに蠢く。秘部に食らいついて女芯舐めを続ける洋輔が、同性同士の戯れに戸惑い、まばたきをした。

(すごく感じてるわ)

肛門への刺激が、クンニリングスの快感をさらに高めたようである。

「ば、バカ、そこはもういいってば」

若妻がなじり、息をはずませる。アヌスをいじっているのが、甥っ子だと思ったようだ。

そして、振り返って早紀江と目が合うなり、驚愕をあらわにした。

「え、どうして?」

疑問には答えず、さらに秘め穴をほじるように弄ぶ。

「あ、あっ、ダメぇ」

歓喜の声をほとばしらせた真智が、頂上への階段を駆けあがる。しかも、早紀江がふたりがかりでイカされたときと同じように、爆発的なオルガスムスに襲われた。

「イヤイヤ、い、イク、イッちゃう」

アヌスの収縮が顕著になり、指先が一センチほど呑み込まれる。括約筋の強烈な締めつけに抗い、くちくちと動かすことで、彼女はさらなる高みへと至った。

「あっ、あ、ダメ……あああ、お、おかしくなるぅうっ！」

半裸のボディが少年の上で跳ね躍る。

「イクイクイク、イヤぁあああっ！」

高らかな悲鳴を上げたあと、全身がフリーズしたみたいに強ばった。

「う、ううう――ふはぁ」

太い息を吐いて脱力し、真智は甥っ子の上に俯せた。そそり立つ秘茎の根元に顔を埋めて。

「はあ、ハァ、はふ……」

はずむ息づかいを耳にしながら、洋輔が悩ましげに眉をひそめたのは、温かな風を陰部に感じたからであろう。

（いやらしすぎるわ、真智さん）

自身のことを棚に上げて、早紀江は胸の内であきれた。

肛穴にはまった指を、そろそろと引き抜く。括約筋が緩んでいたため簡単にはずれ、その瞬間、そこに小さな空洞ができた。

指先には、特に付着物などなかった。けれど、鼻先に寄せると、発酵しすぎたヨーグルトのような匂いがした。

(これが真智さんの、おしりの匂い……)

同性の直腸臭に、不快感は微塵もない。それどころか、やけに惹かれてしまう。

ずっと嗅いでいたい気にすらさせられた。

さっきは彼女が膣に指を入れ、感じさせてくれたから、情愛が募ったのか。いや、パンチラにもときめいたし、もともと彼女に好意を抱いていたのだ。

真智がなかなか動かないものだから、洋輔はどうすればいいのかと困惑した様子である。目の前には女陰の淫靡な佇まいがあり、劣情を高められるばかりでもどかしいのではないか。

ぱっくり開いた華芯は、膣口から薄白い蜜汁をこぼしている。それを無性に味わいたくなって、早紀江は身を屈めた。

「え?」

習字を教えてくれる人妻の顔が接近し、少年が目を見開く。そのとき、ふと悪戯心を起こして、早紀江は直腸に侵入した指先を彼に嗅がせた。

「あ――」

それが何の匂いなのか、すぐにわかったらしい。若妻の秘肛が犯されたところを、洋輔も秘核を吸いながら見ていたのだ。

なまめかしい臭気に、彼が陶酔の面持ちを見せる。洗っていない女性器にも平気で口をつけたし、匂いフェチっぽいところがありそうだ。童貞ゆえ、異性の恥ずかしい匂いに興味があるだけかもしれないが。

戯れはそのぐらいにして、今度は顔を若妻の股間に近づける。すると、洋輔が期待の眼差しを浮かべた。キスをされると思ったようだ。

しかし、早紀江が口をつけたのは、濡れた恥唇であった。舌を出し、秘肉の裂け目に這わせる。

「ううン」

絶頂後で敏感になっている粘膜をねぶられ、真智が呻く。それでも、まだ倦怠感が続いているようで、ぐったりしたままであった。

(真智さんのオマ×コ……美味しい)

胸の内に淫らな言葉を浮かべ、早紀江は滲んでいた愛液をすべてすすり取った。ほんのり甘くて、彼女そのもののような味だった。

同性の秘部を舐めるなんて、当然ながら初めてである。ひょっとしてレズに目覚めたのかと心配になったものの、誰に対してもこんなことをしたくなるわけではない。真智だから舐めたくなったのだ。

最後にアヌスもペロリと味わい、丸いおしりから顔を離す。ふと下を見れば、洋輔が何かをせがむように、こちらを見あげていた。

(キスしてほしいのかしら?)

あのとき、軽く唇を合わせたことを、早紀江は後悔したのだ。けれど、彼はもの足りなかったのか。

この体勢だと、真智の太腿が邪魔をして、くちづけは難しそうだ。ならばと、早紀江は少年に向かって舌をのばした。

すると、彼も頭をもたげ、自分のものを突き出す。

ふたりの舌先がふれあう。チロチロとくすぐりあい、胸が高鳴った。

普通のキスよりも、ずっと背徳的だ。何しろ、もうひとりの股間の間近で、そんなことをしているのだから。

真智が虚脱状態から回復するまで、ふたりは舌の戯れを続けた。

3

「じゃあ、いよいよ初体験ね」

まだどこか気怠げな様子ながら、若妻が笑みをこぼす。絶頂して汗ばんだらしく、上半身の服を脱いだ。

それでも、カップが余り気味のブラジャーだけははずさなかった。やはり控えめな乳房がコンプレックスらしい。

「今度は洋輔がここに寝て」

命じられ、少年は戸惑いながらも従った。普通に正常位でするつもりでいたようで、どうしてなのかと訝っている様子だ。

それは早紀江も同じ思いであった。

「え、どうやってするの？」

訊ねると、真智があきれた表情を見せる。

「洋輔は童貞なのよ。おま×こに挿れるだけでもまごつくだろうし、腰の動かし方だってわからないんだから」

「それは、ちゃんと教えてあげれば……」

「とりあえず、童貞を卒業することが先決なの。だから、早紀江さんが跨いで、セックスのよさを全部教えてあげればいいのよ」

要は騎乗位で体験させろということらしい。初めてだからそれもありだろうが、早紀江は不穏なものを感じた。

（やっぱり卓也君から、全部聞いてるんじゃないの？）

真智の弟も、最初の恋人とはまったくの受け身で結ばれ、それが別れるまで続いたのだ。そのため、本当に好きな女の子との初セックスがうまくいかず、一時的なインポになったのである。

卓也の初体験が騎乗位だったと聞いて、だったら洋輔もと考えたのであろうか。もっとも、その後のことも知っているのなら、ちゃんと正常位のやり方を学んでおいたほうがいいと結論づけたはず。単純に、楽に体験できる体位をチョイスしただけなのだろう。

「ふふ。ギンギンね」

甥っ子のペニスを握り、真智が愉しげに目を細める。

「あ、ううう」

洋輔がそれだけで身をよじったのは、淫らなシチュエーションが続いて、焦らされていたからに違いない。

(これじゃあ、オチ×チンを挿れただけで発射するんじゃないかしら)

ちょっと心配になる。

「早紀江さん、洋輔の顔に乗ってあげて」

「え?」

いきなりだったから、早紀江は面喰らった。

「さっきは、おま×こがヌルヌルになってたけど、時間を置いたから乾いたんじゃない?」

「べつに乾いたなんてことは……」

秘部をさわって確認しそうになったものの、思いとどまる。ふたりの前でそんなことをするのは、みっともないし恥ずかしい。

「ちゃんと濡れていたほうが、オチ×チンも挿れやすいわ。洋輔におま×こを舐めさせて、唾をいっぱいつけてもらって」

淫らな勧めに、胸がドキドキと高鳴る。クンニリングスは夫のところへ行く前にもされたし、さっきも秘核を吸われた。

だが、顔を跨いで舐めさせるなんて、あまりにいやらしすぎる。

「ほら、早く」

促され、躊躇しつつも腰を浮かせる。少年の顔を和式トイレの恰好で跨ぐなり、卑猥なポーズに羞恥と昂ぶりを覚えた。

(ああん、恥ずかしい)

見おろせば、洋輔のあどけない顔のすぐ前に、恥毛の逆立つ下腹がある。見開かれた目は、自分からは見えない秘苑に向けられていた。

(見てるんだわ、オマ×コ――)

彼は早く舐めたそうに、唇から舌を出しかけている。小鼻がふくらんでいるのは、漂う淫らな牝臭を嗅いでいるからだろう。

もう我慢できない。一刻も早く、疼く華芯を鎮めてほしかった。

「洋輔君、舐めて」

口早に告げて、早紀江は少年の口許に陰部を密着させた。

「むうう」

彼は呻きながらも舌を出し、恥割れの狭間に差し入れる。

「くうン」

熟れ尻がビクンとわななく。舐められて快いのに加え、童貞大学生の顔に坐るという状況にもときめきを覚えた。

(わたし、こんないやらしいことしちゃってる)

昂奮し、舐められずとも華芯が潤うようだ。

目的がわかっているのか、洋輔はクリトリスを狙わずに、唾液を粘膜に塗り込めている。それはそれでゾクゾクする愉悦をもたらした。

(なんていい子なの)

生々しい匂いも気にせず、ここまで奉仕してくれるなんて。童貞を卒業させるだけでなく、もっといろいろなことも教えてあげたくなる。

「も、もういいわ」

あまり長く舐めさせずに終わらせたのは、乱れそうになったからではない。早紀江自身、若いペニスがほしくてたまらなくなったのだ。

ヒップを浮かせ、そのまま後ろへ下がる。対面のまま結ばれるつもりだった。

ところが、期待に満ちた洋輔の顔を見るなり、急に照れくさくなる。真智がペニスを握った真上で、早紀江は回れ右をした。

「え、そっち向きでするの?」

若妻が意外そうな面持ちで確認する。

「うん。洋輔君、オチ×チンが入っているところを、おしりのほうからを見たいだろうから」

根拠のないことを口にすると、真智は「ま、いいけど」と特に追及しなかった。

強ばりから手をはずし、

「それじゃ、挿れてあげて」

と、結合を促す。

「わかったわ」

カチカチに硬くなった若茎を逆手で握り、上向きにする。その上に、熟れ尻をそろそろと下ろした。

（あん）

肉槍の穂先が濡れ割れと接するなり、臀部がピクンとわなないた。

（いよいよなんだわ）

愛らしい少年の、初めての女になれるのだ。おそらく彼は、一生忘れないであろう。

そのことを誇りに感じつつ、さらにヒップを下降させる。女芯にめり込んだ丸い頭部が、膣の入り口を徐々に圧し広げた。

(あ、来る――)

間もなく、亀頭の裾野が狭まりをぬるんと乗り越える。

「はぁッ」

固まりが体内に侵入した感覚に、早紀江はのけ反って喘いだ。膝から力が抜け、そのまま坐り込んでしまう。

気がつけば、雄々しい脈打ちがからだの奥から伝わってきた。

セックスに慣れていたはずなのに、最初は快感ではなく違和感だけがあった。久しぶりだったからだろう。

それでも、蜜穴を意識してすぼめ、強ばりが馴染んでくることで、じんわりと快さが広がった。

「あ、入っちゃったね。早紀江さん、もうちょっとからだを前に倒して」

真智が指示をする。

「ふう」

ひと息ついてから、早紀江はそろそろと前屈みの姿勢になった。どうしてそんなことを要求されたのか、深く考えることなく。

「ほら、洋輔、見える？　オチ×チンが、おま×こに入ってるよ」

その言葉で、ようやく彼女の意図を察した。結合部をあらわにさせるためだったのだ。

（ヤダ……）

頬がカッと熱くなる。その部分にふたりの視線が注がれているのを意識するだけで、牡を受け入れたところがムズムズした。

「うふ。おしりの穴がヒクヒクしてるね」

そんなことまで報告されて、羞恥がますます募る。さっき、秘肛をイタズラされた仕返しなのだろうか。

「気持ちいい、洋輔？」

「……うん、すごく」

「これで男になったんだよ。うれしい？」

「うん」

「じゃあ、もっと気持ちよくなろ。早紀江さん、動いてあげて」

言われて、上半身を真っ直ぐに立て直す。いきなり激しくしたらまずいだろうと、腰を小さく前後に振った。

「あ……」

硬いモノが膣壁をこすり、半開きの唇から声がこぼれる。甘い感覚が胸のあたりにこみ上げた。

（ああ、これだわ）

肉体がセックスの悦びを思い出す。胸のドキドキがおさまらないのは、少年の初めてを奪った感激ゆえだろう。

「あ、あっ、あうう」

洋輔も切なげによがった。

彼と対面で結ばれなかったことを、早紀江はちょっぴり後悔した。歓喜に悶えるところを見れば、もっと昂奮できたはずなのだ。

もっとも、顔を合わせるのはやっぱり恥ずかしい。それに、夫を裏切った罪悪感がぶり返す気もした。

少なくとも今は、このまま繋がっているのがよさそうだ。

（……そうよ。まだチャンスはあるんだもの）

彼はこれからも、習字教室に通ってくるのだ。筆下ろしも済んで、いよいよ本格的なレッスンが始まる。

「あああ、も、もう」

少年の切羽詰まった声が聞こえる。イキそうなのだ。

「出そうなの、洋輔？」

真智が訪ねると、「うん……もう駄目」と、荒い息づかいを交えた返事があった。

「早紀江さん、中でイッちゃってもだいじょうぶ？」

訊ねられ、早紀江はハッとした。前の生理がいつだったのかを思い出し、今日が危険日であることに気がつく。

「だ、ダメ、中は──」

「だったら抜いて」

まだ始めたばかりだったから、幸いにもすぐに離れることができた。

ぬるん──。

屹立が膣から抜ける。その瞬間、早紀江はやるせなさを覚えた。

「ああ」

洋輔も落胆の声を洩らす。

振り返ると、彼は情けなく顔を歪めていた。白い淫液を付着させたペニスも、駄々をこねるみたいにしゃくり上げる。頭部が破裂しそうに紅潮し、本当に切羽詰まっていたのだとわかった。

「あらあら、こんなになって」

真智も目を見開き、濡れた牡棒を厭わず握る。そのまま手で射精させるのかと思えば、いきなり甥っ子の腰を跨いだ。

「え、ちょっと」

驚いて声をかけると、彼女が振り向いて肩をすくめた。

「だって、出させてあげなくちゃ可哀想じゃない」

そう言って、そそり立たせたモノの真上に陰部をあてがう。まさかと思う間もなく、からだをすっと下げた。

「あああッ」

少年がのけ反って声を上げたことで、ペニスが膣に入ったのだと悟る。

（まさか――）

早紀江は信じられなかった。まさかふたりがセックスをするなんて。

しかしながら、ここまでさんざん淫らな戯れをしてきたのである。フェラチオをし、自身の秘所もねぶらせたのだ。性器を繋げるぐらい、今さらどうということはないのだろう。

「あ、ああっ、お、お姉さん」

洋輔が堪え切れないふうに、頭を左右に振る。息づかいも荒い。

「ほら、出していいわよ。おま×この奥に、精子をどっぴゅんしなさい」

真智が前屈みになる。彼の両脇に手をついて、若尻を忙しくはずませた。パッパツと湿った音を響かせて。

(すごい……)

他人のセックスを、目の当たりにするのも初めてだ。しかも、たった今初体験をしたばかりの少年が組み伏せられ、年上の女に激しく責められているのである。淫らすぎる光景に惹き込まれつつも、妬ましさがふつふつと湧く。初めての女になってあげたのに、早くも彼を取られた気がした。

(わたしがイカせてあげればよかったわ)

後悔しても、今さら遅い。

そもそも中で出されたら、妊娠する可能性が大きいのだ。若くて元気な精子を、たっぷりと注ぎ込まれることになるのだから。

仕方ないとあきらめたとき、

「あああ、い、いきます。出る」

頂上に至った洋輔が、裸身をガクガクと波打たせた。

「ううう っ」

歯を喰い縛って呻く彼の上で、真智は臀部の筋肉をギュッと収縮させた。

「あ、あ、出てる……ああん、あったかい」

体奥でほとばしりを感じたらしい。うっとりしたふうに身をくねらせる。洋輔が脱力して手足をのばすと、ヒップをそろそろと持ちあげた。

「ほら、早紀江さん、早くっ!」

焦った声音で呼ばれ、早紀江は狼狽した。

「え、な、なに?」

「洋輔の精子がこぼれちゃうわ」

言われて、反射的にどうすべきなのかを理解する。脚を開いて立った若妻の前に膝をつき、淫靡な匂いを放つ女芯に顔を寄せた。

ほころんだ恥割れの狭間に、白い粘液が滴りそうになっている。早紀江は急いでそこに唇をつけると、こぼれたものをぢゅぢゅッとすすった。

(洋輔君の精液……)

口内に広がる青くささと、舌に絡みつく粘っこさも好ましい。牡のエキスを唾液に溶かして呑み込むと、年下の同性の性器も丹念にねぶって清めた。

「やぁん。早紀江さんのエッチ」

艶めいた声でからかわれ、ようやく我に返る。見あげると、真智は頰を赤く染めていた。

「じゃあ、洋輔のオチ×チンも綺麗にしてあげて」

「あ、うん」

まだ蒲団の上でぐったりしている少年の股間に顔を伏せ、力を失った秘茎を口に含む。亀頭を包んでいた皮を舌で剝き、感じやすいくびれ部分もチロチロと舐めくすぐった。

「ああっ、だ、駄目」

洋輔が苦しげに喘ぐ。絶頂後で粘膜が過敏になっているためだろう。

それでも、しつこくしゃぶることで、海綿体に血液が舞い戻る。ムクムクと膨張し、喉を突くほどに伸びあがった。

「ふは──」

口をはずし、唾液に濡れたそれをしごくことで、がっちりと根を張る。握った手から、赤い頭部がエラを張ってはみ出した。

「え、もう勃っちゃったの?」

真智が驚きをあらわにする。

膣内に出されたザーメンはかなりの量があったし、それは彼女にもわかったのだろう。その前にも素股でたっぷりとほとばしらせていたのに、すぐ回復したものだから信じられなかったようだ。

「よっぽど早紀江さんのフェラが気持ちよかったのね」

どこかやっかんだふうな口振りは、早紀江に女としての誇りを抱かせた。

「ううん。洋輔君が若いからよ」

謙遜し、鈴口に丸く溜まった透明な粘液を、指先でくるくると塗り広げる。少年が「あうう」と呻き、くすぐったそうに身をよじった。

「オチ×チン、カチカチになった?」

真智がストレートに問いかける。

「ええ、とっても硬いわ」

筒肉に巻きつけた指に、強弱をつけながら答えると、

「だったら、今度は正常位のエッチを教えてあげれば?」

若妻が提案した。

早紀江が迷うことなくその気になったのは、先にしないとまた真智に横取りされるのではないかと思ったからである。

若さや愛らしさでは、彼女に敵わない。初めての女としては、少年を自分の色で染めあげたかった。

「さ、起きて」

手を引いて洋輔を起こし、代わってシーツに身を横たえる。仰向けで両膝を立てると、大胆に開いて中心を晒した。

「いいわよ、来て」

手招きすると、彼は鼻息を荒くして覆いかぶさってきた。とにかく膣に挿れたいと、欲望をあからさまにして。

早紀江は手をのばすと、秘苑に迫る肉根を捕まえた。

「くうぅ」

洋輔が呻き、腰をブルッと震わせる。強ばりも脈打ちを著しくした。

「ここよ」

猛るモノを秘苑へと導く。まずはふくらみきった先端を濡れ割れにこすりつけ、しっかりと潤滑した。

「むふう」

早くも感じ入ったふうに、少年が鼻息を吹きこぼす。ペニスがいっそうふくらんだようであった。

（すごく昂奮してるわ）

それだけ求められているのだと、喜びを覚える。ただ、挿れてすぐに果てるのではないかと心配になった。

だとしても、中止するつもりはない。

「さ、挿れてちょうだい」

切っ先を蜜穴の入り口にあてがい、声をかける。

「は、はい」

返事をするなり、洋輔はせわしなく腰を進めた。

ぬぷん――。

強ばりが力強く押し入ってくる。早紀江は筒肉の指をはずし、奥まで深く受け入れた。

「ああん」

子宮口の近くで、ずんと響く感覚がある。

(すごい……ビクビクしてる)

騎乗位で結ばれたときよりも、若茎の脈打ちが著しい。正常位だから、より伝わってくるのだろうか。

「オチ×チン、奥まで入ってるわよ」

陶酔の面差しの少年に告げると、何度もうなずく。目がトロンとして、いかにも愉悦に溺れているふうだ。

早紀江は両脚を掲げ、彼の腰に絡みつけた。それは安心して動けるよう、配慮してのものだった。

「じゃあ、好きに動いてみて」

促すと、神妙な面持ちを見せた洋輔が、そろそろと腰を引く。だが、それほど退くことなく、すぐに分身を膣内に戻した。抜けそうな気がしたのだろう。

「洋輔君のオチ×チン、硬くて気持ちいいわ」

褒めると、満更でもない顔を見せるのがいじらしい。それが励みになったようで、抽送の振れ幅が少しずつ大きくなる。

「い、いいわ。そんな感じ」

早紀江は演技ではなく、募る快さに喘いだ。

「はっ、はっ、は――ふう」

彼も息をはずませ、懸命にピストンを繰り出す。健気さと、若い呼吸のかぐわしさにもうっとりさせられる。

「やん、すごい。オチ×チンがズボズボ出入りしてるぅ」

下半身のほうから真智の声がした。どうやら結合部を覗き込んでいるらしい。

（もう、真智さんってば）

頬が熱く火照るのを覚えつつ、もっと見てほしいような、淫らな気分にも苛まれる。彼女の甥っ子でもある少年を独占していることに、優越感を覚えるためであろうか。

すると、洋輔がおねだりの眼差しを見せる。

「あの……キスしてもいいですか？」

どうやらずっとしたかったらしい。

「いいわよ」

許すと、すぐに唇を重ねてきた。

下半身は性器を深く交えながら、上は軽く吸うだけのおとなしいくちづけ。舌を入れてこないのは、やり方を知らないからか。それとも、そこまでしたら叱られると思ってなのか。

早紀江は焦れったくなり、自ら舌を与えた。

「ん――」

少年がわずかに身を強ばらせる。

唇の裏や歯並びを舐めると、くすぐったそうに鼻息をこぼす。閉じていた歯が緩んだので、舌をさらに奥へと侵入させた。

すると、彼が自分のものを怖ず怖ずと触れさせてくる。

遠慮がちな戯れが、次第に大胆になる。ふたりは夢中で舌を絡め合い、互いの唾液を味わった。

(わたし、洋輔君とキスしてるんだわ)

童貞を奪ったとき以上に、胸の奥がざわめく。身も心もより深く繋がった気がした。

それは彼のほうも同じなのか、肉根の出し挿れが気ぜわしくなる。

「ラブラブエッチ、いいなあ」

真智の羨ましそうな声。見ていられなくなったのか、立ちあがって和室から出たのがわかった。トイレに行っただけかもしれない。

ともあれ、これでふたりっきりだ。

「ふは――」

唇をはずし、洋輔が大きく息をつく。頬が上気して赤らみ、かなり高まっているようだ。

「もうイッちゃいそう？」

訊ねると、「もうすぐ」と答える。

「中はダメだから、ちゃんと抜いてね」

「わかりました」

「その代わり、お口に出させてあげるわ」

これに、少年が嬉しそうに口許を緩める。素直な反応が愛おしい。

「じゃあ、イキそうになるまで、いっぱい突いて」

「はい」

ピストン運動のコツが摑めたか、硬い肉根が勢いよく蜜穴を抉る。

「あ、あ、あん、いい、いいわ」

早紀江も高まり、悦びの声を放った。女膣で若いペニスをキュッキュッと締めながら。

「あ、も、もう、出そうです」

洋輔が声を震わせる。抜くように指示する前に、彼は自ら腰を引いて離れた。妊娠させたらまずいとわかっているのだ。

「ここに寝て」

早紀江は身を起こし、崩れるように仰向けた少年の股間に顔を埋めた。ふたりの淫液にまみれた屹立を咥えて頭を上下に振り、すぼめた唇でこする。

「あああ、せ、先生……早紀江さんっ！」

名前を呼ばれてドキッとした瞬間、熱い奔流が放たれた。

（あん、こんなに）

いくぶん薄くなっていたようながら、三度目とは思えない量の樹液が溢れ出る。

早紀江はそれを舌でいなし、出る端から喉に落とした。

「うはッ、あ――あうう、うッ、くうう」

若腰をぎくぎくとはずませ、洋輔がありったけの精を貪欲に放つ。すべて出し終えると、疲れ切ったように蒲団に沈み込んだ。

「はあ、ハァ……」

深く息をつき、薄い胸板を大きく上下させる。

尿道に残った最後の雫を吸い取ってから、早紀江は顔をあげた。瞼を閉じて絶頂の余韻に漂ういたいけな姿を見おろし、胸を高鳴らせる。

(……この子、今、わたしのことを名前で呼んだわ)

先生なんて他人行儀な呼び方ではない。それは自分をひとりの女として認め、受け入れてくれた証だった。

彼の女になったのだという実感が湧く。目の前の少年は、もはや弄ぶ対象ではない。情愛がいっそう大きくなるようだった。

(これからもいっぱいしましょうね)

かぐわしい息をこぼす半開きの唇に、早紀江はそっとくちづけた。

4

「ずいぶんうまくなったわね」

洋輔が書いた習字を、早紀江は惚れ惚れと眺めた。

半紙に書かれたのは、「永遠」という熟語だ。特に「永」の字は、基本となる筆遣いをすべて使うため、毛筆の力量がわかるのである。初めの頃と比べれば、雲泥の差というぐらいに上達が著しかった。

もっともレベルとしては、小学校高学年のまあまあうまい子と同じぐらいであろうか。それでも、判読すら難しい字しか書けなかったのに、ここまでになったのだ。習字教室に通うようになって、まだ三カ月足らずであることを考えれば、充分称賛に値する。

「〝遠〟のしんにゅうはまだ練習が必要だけど、これは大人でも苦労するところなの。二画目がしっかり整えば、もっとよくなるはずよ」

「はい、頑張ります」

褒められて照れくさそうな洋輔であったが、期待したふうな眼差しも向けてくる。間違いなくご褒美を欲しがっていた。

「それじゃあ、今日はオマ×コに挿れてもいいわ」

あられもない言葉で許可すると、見開かれた目が輝いた。

「ほ、本当ですか？」

「だって、したいんでしょ？　オチ×チンもギンギンじゃない」

彼の股間では、分身が早くもそそり立ち、筋張った胴に血管を浮かせていたのだ。亀頭も紅潮し、粘膜がツヤツヤと光っている。

ふたりっきりの教室。和室で座卓に向かう人妻と大学生は、一糸まとわぬ姿であった。

全裸での習字は、先月から始めたのだ。

それまでは終わったあとで、上達具合に応じてご褒美を与えるために脱いでいた。しかし、だったら最初から裸でもいいのではないかと、早紀江が提案したのである。

だからと言って、書いている途中に悪戯をすることはない。裸を見ても心を乱さず、集中できるようにと諭した。

洋輔は最初こそ落ち着かず、いく度も反り返るイチモツで下腹を打ち鳴らした。そんなことでは駄目だと、ご褒美のおあずけをくったものだから、彼はかなり頑張り、集中力を身につけることができたのだ。

今日も字を書き終えるまでは、ペニスは平常状態だった。ところが、早紀江が褒めるなり、期待が高まったかたちまち勃起したのである。

少年らしい素直な反応を見せられたら、母性本能をくすぐられ、可愛がらずにいられない。何度も交わり、男としての経験を積んでも、彼は初めて会ったときと変わらず純情で、あどけないままだった。

座卓をずらしてスペースを空けると、早紀江は押し入れから蒲団を出して敷いた。愛撫を交わすだけならここまでしないが、セックスのときは特別だから、きちんと場所を整えるのだ。

「さ、ここに寝て」

わくわくした顔つきで仰向けになった洋輔の中心に顔を伏せ、早紀江はそそり立つものを口に含んだ。舌を絡みつかせ、ねっとりと舐めることで、華奢な裸身に歓喜のさざ波が生じる。

「うう……き、気持ちいいです」

息を荒ぶらせ、快さを訴えた彼が、脚を開く。そっちもさわってほしいのだとわかり、早くも持ちあがっている牡の急所をさすってあげる。

「ああ」

洋輔は声を上げ、身を切なげにくねらせた。だが、一方的に愛撫されるのを、最近の彼は好まなかった。

「ぼ、僕も早紀江さんの、舐めたいです」

それはシックスナインへと進む合図であった。

普段の洋輔は、早紀江のことを先生と敬う。けれど、こうして親密なふれあいを持つときには、名前で呼ぶのだ。学習とプライベートの切り替えをきちんとするのも、基本的に真面目な性格ゆえだろう。

リクエストに応じて、早紀江は猛る若茎を咥えたまま、少年の上に逆向きで身を重ねた。

「ああ」

丸まるとしたヒップが眼前に迫ると、洋輔が感嘆の声を洩らす。待ちきれないとばかりに熟れ腰を摑み、自分のほうへ引き寄せた。

「むうう」

早紀江は羞恥に呻いた。彼の顔と密着した女芯はすでに湿り、生々しい匂いを放っていたからだ。

最初に洗っていない秘部を舐められたのに懲りて、土曜日の習字教室のときは、前もってシャワーを浴びるようにしたのである。ところが、それだとあまり熱心に舐めてくれないことに気がついた。

そこで、事前に清めるのをやめたところ、洋輔は嬉々としてねぶった。鼻をクンクンと鳴らし、濃密な女くささを堪能しながら。

以来、素のままの秘部を与えることにしたものの、未だに恥ずかしい。

(そんなにわたしの匂いが好きなのかしら?)

胸の内でなじりつつも、いたいけな舌を這わされると、目がくらむほどに感じてしまう。だからこそ、羞恥よりも快感を選んだのだ。

互いの性器を舌と唇で愛撫し、悦びを与えあう。そのまま口淫奉仕で昇りつめることもあったが、今日はそのあとの、より深い悦びを得られる行為が待ち構えていた。

「ふは——」

牡の漲りを解放すると、洋輔も察してヒップを離す。早紀江は身を剝がして振り返り、陶酔の眼差しを見せる少年に訊ねた。

「今日はどんな恰好でしたい?」

すると、彼は迷う素振りを示したあと、

「あの……バックでもいいですか?」

怖ず怖ずと申し出る。

その体位は、これまでしたことがなかった。ビデオなり漫画なりで目にして、やってみたくなったのではないか。

「そういうのがいいの？　エッチねえ」

からかう口調でなじると、顔を赤くするのが可愛い。

シーツの上で、早紀江は四つん這いのポーズを取った。その真後ろに、洋輔が膝立ちで進んでくる。

「自分で挿れられる？」

初めての体位でも、これだと早紀江は導くことができないのだ。

「はい。全部見えてますから」

脚を開いたために尻の割れ目がぱっくりと開き、その部分があからさまに晒されているのはわかっていた。それを十代の少年から指摘されるのは居たたまれない。性器ばかりか、おしりの穴まで見られているのだ。

「だったら、早く挿れなさい」

苛立ち半分で命じると、「わかりました」と返事がある。濡れ割れに、丸いものが押し当てられる感じがあった。

「挿れます」

声に続いて、それがめり込んでくる。

膣口をはずしていたのか、最初の突撃では挿入が成し遂げられなかった。けれど、二度目は熱い固まりが、抵抗なくぬむぬむと狭穴を侵す。

「あ、あっ、はああっ」

早紀江は首を反らして声を上げ、続いてシーツに突っ伏した。

「は、入りました」

洋輔に報告されずとも、そのぐらいはわかる。臀部には彼の下腹が、ぴったり重なっていた。

「だったら、う、動いて」

「はい」

少年が腰を振り出す。結合部が見えているから、抽送はたやすかったのではないか。

それでも、最初は慎重な動きだった。内部の感触を味わうみたいに、筒肉がゆっくりと出入りする。

「あ……ん、くうう」

喘ぎながらも、早紀江の胸にはもどかしさが募っていた。

(もっと乱暴にしてもいいのに)

硬い肉槍で、蜜穴を激しく掻き回されたい。淫らな欲求が募る。

元教師でありながら、こんなはしたない女になってしまうなんて。自虐的になったとき、

「きゃふぅううっ！」

堪えようもなく叫んでしまう。いきなりずんと、膣奥を突かれたのだ。

「あ、ごめんなさい」

謝る洋輔に、早紀江は気ぜわしく首を横に振った。

「ううん、いいの……そんな感じで、いっぱい突いてちょうだい」

「わかりました」

聞き分けのいい少年が、力強いピストンを繰り出す。華奢な肉体の、どこにこんなパワーがあるのかと、戸惑わずにいられなかった。

（もう、一人前の男なのね）

ちょっぴり寂しいが、頼もしくもある。

「あ、あん、いい、もっとぉ」

体位そのままにケモノっぽい交わりで、荒々しく責められる。早紀江は嬌声を上げどおしだった。

「うう、早紀江さんの中、すごく気持ちいいです」

洋輔も感動を伝えてくる。猛る分身を、雄々しく脈打たせて。

「わたしも……ねえ、今日は中に出していいからね」

嬉しい許可を与えると、「本当ですか?」とはずんだ声が返る。

「ええ。な、中にいっぱい出しなさい」

「やったぁ」

若さを前面に出した腰づかいが、いっそう激しくなる。早紀江は快感に身を震わせ、「あんあん」とよがった。

いちおう安全日ながら、絶対に妊娠しない保証はない。それでも膣内にほとばしらせることを許可したのは、ここ最近、頻繁ではないものの、夫婦の営みが復活していたからだ。

夫の忙しさは変わらないが、そろそろ子供をという意識が高まってきたのだろう。渡瀬家に新しい命が芽生えるのも、遠い日ではあるまい。

(これも洋輔君のおかげなのかも)

彼は幸せをもたらす天使かもしれない。子供じみたことを考えながら、早紀江は歓喜の頂へ舞いあがった——。

同じ頃、隣の広田家でも、男女の交わりが繰り広げられていた。

女はもちろん真智である。しかし、男は彼女の夫ではない。早紀江の夫、広志であった。

ふたりは一年近く前から、不倫関係にあったのだ。

「ふう」

一戦を終えてベッドに仰向けになった広志のペニスから、真智が甲斐甲斐しくコンドームをはずす。ゴムと精液の匂いを漂わせる肉器官を厭うことなく口に含み、舌で丹念に清めた。

「むうう」

広志は呻き、体軀を波打たせた。海綿体が血液を呼び戻したものの、五割程度の膨張であったろう。直ちに復活するほど若くないのである。

生々しい付着物を舐め取り、真智が隣人の夫に添い寝する。唾液に濡れた秘茎を軽やかにしごきながら、年上の男の胸に甘えた。

「……今ごろ、あいつらもヤッてるのかな」

広志は独りごちるように言った。妻と、教室の生徒である大学生のことだ。

「当然でしょ。ひょっとして、妬いてるの？」

「まあ、まったく平気ってことはないかな」

「自分だって、奥さんよりも若い人妻と不倫しているのに？」

笑った目で真智に睨まれ、広志は気まずさに咳払いをした。

「だけど、最近、早紀江がやけに色っぽくなったんだよな」

「わたしもそう思うわ。色っぽいだけじゃなくて、肌もツヤツヤして綺麗になったわよね。若い子をオモチャにして、いっぱいエキスをもらっているからなのかしら？」

「何だよ、エキスって」

広志は顔をしかめたものの、ふと思い出して真智に流し目をくれた。

「そういう君だって、あの甥っ子としたんじゃないか」

人妻ふたりと大学生の、三人で戯れたときのことは、彼女からすべて聞かされていた。淫らな告白に昂奮し、そのあとで若い女体をいつになく責め苛んだのである。

「まあ、成り行きでね」

「ひょっとして、最初からあの子を狙ってたんじゃないのか？」

「まさか。わたしは年上が好みだもの。旦那もそうだけど、あなたみたいに大人の魅力がある男でなくっちゃ」

嬉しがらせることを口にして、若妻が重みを増した肉茎を弄ぶ。

広志は教師の仕事が忙しい。加えて、お隣同士だからこそ目につきやいから、かえって頻繁に抱き合えない。よって、早紀江が少年を相手にしている今は、絶好のチャンスであった。

そのため、真智は一度の交わりで終わらせるつもりはなかったようだ。

「オチ×チン、大きくなってきたわ。まだできるわよね？」

「ああ。もうちょっと休んだらな」

「今夜は早紀江さんも抱くの？」

思わせぶりな眼差しに、広志はドキッとした。女としての艶めきが増した妻と、このごろ営みが増えたことを、彼女は見抜いているのだろうか。

「いや、さすがに今夜は無理だよ」

「だけど、ちゃんと抱いてあげなくちゃダメよ。夫婦が円満だからこそ、他の女とのアバンチュールが刺激になるし、気持ちのいいエッチができるんだから」

割り切った考えに、あきれるよりも感心する。自分よりも年下なのに、人生の楽しみ方を心得ているようだ。

「でも、仮にわたしたちの関係がバレてもだいじょうぶよね。早紀江さんだって浮気してるんだから」

真智が不敵な笑みをこぼす。そうなるように、彼女が仕向けたのだ。

「まったく、君は策士だよな」

「後ろ指をさされることをするときには、しっかり計画しなきゃダメなのよ」

不倫がバレて仕事を失う芸能人たちに、是非聞かせたい言葉である。

「ただ、本当は弟――卓也をあてがうつもりだったんだけど、やっぱり早紀江さんはいい先生よね。相談したら、ちゃんと彼女とうまくいったんだから」

「それで次は甥っ子かい？　いくらなんでも身内を利用しすぎだよ」

「立っているものは親でも使えって言うじゃない」

そこに至って、広志の分身は復活した。逞しい硬さと脈打ちを、若妻の指に伝える。

「だから、今はこの勃っているモノを使わせてもらうわ」

真智が身を起こし、年上の男の腰を跨ぐ。騎乗位で交わるつもりなのだ。

「え、ゴムは？」

「そんなすぐにはイカないでしょ」

彼女があどけなくも妖艶な笑みをこぼした。

「元気なオチ×チン、ナマでも味見させてちょうだい」

若いボディが坐り込み、肉根を体奥に迎え入れる。

「ああん、いっぱい」

表情を悦びに蕩けさせ、リズミカルに腰を振り出す。交わる性器が、粘っこい濡れ音をこぼした。

戸惑いを隠せない広志であったが、直に味わう蜜穴の心地よさがたまらない。たちまち快感に引き込まれる。

(早紀江はどんな体位で、あの子としてるのかな……)

妻と少年の密事が脳裏に浮かびかけたものの、即座に打ち消す。今は不道徳なひとときを愉しむべく、真下から力強いブロウを繰り出した。

「あ、あっ、それいいッ」

真智の嬌声が、寝室にこだました。

＊この作品は、書き下ろしです。また、文中に登場する団体、個人、
行為などは実在のものとはいっさい関係ありません。

二見文庫

人妻《ひとづま》の筆下《ふでお》ろし教室《きょうしつ》

著者 橘《たちばな》 真児《しんじ》

発行所 株式会社 二見書房
東京都千代田区神田三崎町2-18-11
電話 03(3515)2311 [営業]
03(3515)2313 [編集]
振替 00170-4-2639

印刷 株式会社 堀内印刷所
製本 株式会社 村上製本所

落丁・乱丁本はお取り替えいたします。
定価は、カバーに表示してあります。

ISBN978-4-576-20030-9
https://www.futami.co.jp/

二見文庫の既刊本

あの日抱いた人妻の名前を僕達はまだ…

TACHIBANA,Shinji
橘 真児

30歳を前に久々に会った同級生三人組が、高校時代の思い出話を始めた。仁志が、実は、高三で初体験をしたことを告白すると、彰も「実は俺も……」と。三人が同じ時期に同じように初体験をしていたことに驚く彼ら。さらに、各々の相手の特徴がどこか似通っている。そのことに気づいた彼らは、その「人妻」を探しはじめるが、驚きの結末が。書下し官能エンタメ！